U0916308

国学经典丛书
名家注评本

古诗选

[清] 王夫之 选编
邹福清 杨万军 注评

长江出版传媒
长江文艺出版社

图书在版编目（CIP）数据

古诗选 /（清）王夫之选编 ; 邹福清，杨万军注评
. -- 武汉 : 长江文艺出版社，2015.7(2023.9 重印)
(国学经典丛书)
ISBN 978-7-5354-8043-9

Ⅰ. ①古… Ⅱ. ①王… ②邹… ③杨… Ⅲ. ①古典诗歌—诗集—中国 Ⅳ. ①I222.72

中国版本图书馆 CIP 数据核字(2015)第 109431 号

责任编辑：高田宏　　责任校对：毛季慧

封面设计：新华智品　　责任印制：邱　莉　杨　帆

出版：长江出版传媒　长江文艺出版社

地址：武汉市雄楚大街 268 号　　邮编：430070

发行：长江文艺出版社

电话：027—87679360

http://www.cjlap.com

印刷：三河市百盛印装有限公司

开本：880 毫米×1230 毫米　1/32　　印张：6.625

版次：2015 年 7 月第 1 版　　2023 年 9 月第 3 次印刷

字数：148 千字

定价：68.00 元

总序

郭齐勇　武汉大学国学院院长

国学大师钱穆先生曾说“今人率言‘革新’，然革新固当知旧”。对现代人尤其是青年一代来说，缺乏的也许不是所谓的“革新力量”，而是“知旧”，也即对传统的了解。

中国文化传统的源头，都在中国古代经典当中。从先秦的《诗经》、《易经》，晚周诸子，前四史与《资治通鉴》，骚体诗、汉乐府和辞赋，六朝骈文，直到唐诗、宋词、元曲和明清小说，在传统经典这条源远流长的巨川大河中，流淌着多少滋养着我们精神的养分和元气！

《说文解字》上说“经”是一种有条不紊的编织排列，《广韵》上说“典”是一种法、一种规则。经与典交织运作，演绎着中国文化的风貌，制约着我们的日常行为规范、生活秩序。中国文化的基调，总体上是倾向于人间的，是关心人生、参与人生、反映人生的，当然也是指导人生的。无论是春秋战国的诸子哲学，汉魏各家的传经事业，韩柳欧苏的道德文章，程朱陆王的心性义理，还是先民传唱的诗歌，屈原的忧患行吟，都洋溢着强烈的平民性格、人伦大爱、家国情怀、理想境界。尤其是四书五经，更是中国人的常经、常道。这些对当下中国人治国理政，建构健康人格，铸造民族精魂都具有重要意义。经典是当代人增长生命智慧的源头活水！

长江文艺出版社历来重视中华民族优秀传统文化的传播及普及，近年来更在阐释传统经典、传承核心文化价值，建构文化认同的大纛下努力向中国古典文化的宝库掘进。他们欲推出《国学经典丛书》，殊为可喜。

怎么样推广这些传统文化经典呢？

古代经典和现代读者的阅读习惯及趣味本来有一定差距，如果再板起面孔、高高在上，只会让现代读者望而生畏。当然，经典也不是任人打扮的小姑娘，一味将它鸡汤化、庸俗化、功利化，也会让它变味。最好的办法就是，既忠实于经典的原汁原味，又方便读者读懂经典，易于接受。在这个原则的指导下，《国学经典丛书》首先是以原典为主，尊重原典，呈现原典。同时又照顾现实需要，为现代读者阅读经典扫除障碍，对经典作必要的字词义的疏通。这些必要精到的疏通，给了现代读者一把打开经典大门的钥匙，开启了现代读者与古圣先贤神交的窗口。

放眼当下出版界，传统文化出版物鱼目混珠、泥沙俱下，诸多出版商打着传承古典文化的旗号，曲解经典，对现代读者尤其是广大青少年认知传承经典起了误导作用。有鉴于此，长江文艺出版社推出的《国学经典丛书》特别注重版本的选取。这套丛书 30 个品种当中，大多数择取了当前国内已经出版过的优秀版本，并请相关领域的名家、专业人士重新梳理过的。这些版本在尊重原典的前提下同时兼顾其普及性，希望读者能有一次轻松愉悦的古典之旅。

种种原因，这套丛书必然会有缺点和疏漏，祈望方家指正。

导言

邹福清

从隋朝上溯至西汉，诗歌一直在不断地演化和发展。唐代将初唐定型的律诗、绝句称为“近体”，那么，此前的诗歌基本上是古体。没有自汉至隋八百年积累的传统，也就没有唐诗的繁荣。如果追根溯源，唐代很多优秀的作品都可以在这八百年里找到或显或隐的联系。

在这八百年里，诗歌的几种体式都在向前发展。楚辞体创作量一直较小，但不绝如缕。这种诗体，倒是在汉代几个帝王那里放出了异彩，刘邦、刘彻等仅存的楚辞体诗作成就都很高。四言诗是《诗经》以来的古老诗体，至汉代依然在延续，只是汉代文人没有在四言诗上表现他们的文学才华，也就难觅让人印象深刻的作品，倒是至汉末魏晋，反而涌现出一批优秀作品，不乏经典名作，如曹操的诗歌以四言为主，后来的嵇康也充分地发挥了四言诗的表现功能。五言诗在东汉末兴起，建安时期出现“五言腾跃”的局面，这是中国诗歌史上的重大事件。五言诗大大拓展了诗歌的表现力，并使诗歌取代散文、辞赋等文体而获得文学的主导地位。如果要追溯唐诗、宋诗的渊源，它们与建安以来的五言古诗之间的源流，脉络清晰可寻。七言诗一度是不登大雅之堂的俗体，现存作品数量不过三百余首，但是，南朝宋时的鲍照已经熟练地使用七言体表现其心灵的全部，至隋代，一些诗人则将这种体式流宕自如的特点充分发挥出来，为初唐歌行的繁荣奠定了基础。“永明体”的出现在中国古代诗歌发展史上具有里程碑的意义，南朝齐时，文人认识到汉语的发音特点，发现了平上去入四声，开始在五言诗的创作中有意识地追求声调的搭配以求和谐悦耳，于是中国古代诗歌走上了声律化的进程，直到初唐近体诗的定型。

在这八百年里，除了体式的创新，诗人们在题材的拓展方面一直在不断探索，不断突破，做出了很多贡献。其一，对社会不公平现象的批评极深刻。士不遇本来一直就是中国文学最重要的主题，中古时期处于社会底层的文人缺乏上升通道，他们自然对此感受深刻。其二，对人生价值的思索更深入。诗人们逐渐认识到成仙的虚妄，面对生命如此短暂、不可重复带来的心理压力，总在思考一生应该如何度过？《古诗十九首》给出的答案是及时行乐，尽管消极、颓废，却反映了当时文人的思索。此后，诗人们陆续开出一系列化解死亡焦虑的药方——醉心玄理、归隐田园，忘情山水等等，于是，玄理、田园、山水等等相继成为诗坛的主要话题，阮籍、陶渊明、鲍照等诗人都对生死的思索比较深刻。这个话题延至初唐，文人终于领悟到群体生命无限并以此化解个体生命有限的焦虑，面对死亡才变得稍稍达观起来。其三，边塞是在此期间一个引人注目的题材。尽管汉乐府中的边塞诗成为后代文人反复模拟的对象，但此题材也一度为文人所冷落，随着南北对峙时期军事形势的紧张，加上下层文人从军立功成为重要的上升通道，此题材又进入文人的视野，特别是南朝末期和隋朝，出现了一批优秀作品。唐代边塞诗的主旨、技法、意象等等在此期间基本都已出现。

在这八百年里，涌现了一批杰出的诗人。魏晋以后，诗坛一个显著的现象是：诗人群体层出不穷——“三曹”、“建安七子”、“竹林七贤”、“二十四友”、“竟陵八友”、“元嘉三大家”、“阴何”等等，天才一批批地去又一批批地来。另外一个显著现象是：南朝的上流社会尤重文学，帝王、臣工往往都是优秀的诗人，而且，他们还是诗坛的中心，其中最具代表性的是萧衍与萧统、萧纲、萧绎等父子。这些诗人大多都是诗坛上耀眼的星星，即使将他们置身于包括唐宋在内的整个中国诗歌的银河里，也依然无法掩盖他们的光芒。即使后来诗歌发展高峰的唐宋时期，李白、杜甫、苏轼等伟大的诗人词人也往往从此一时代的诗歌中汲取营养，对此一时代的很多诗人如陶渊明、“大小谢”、“阴何”、庾信等仰慕至极，毫不吝惜他们的赞誉。

明清以来，诗歌选本的编纂颇受重视，唐诗选本自然是编纂的重点，就目前所知，估计不下百种。唐前诗歌选本的编纂也从未被忽视，或多或少具有追溯源流的意图。这些古诗选本如陈祚明《采菽堂古诗选》、王夫之《古诗评选》、王士祯《古诗选》、沈德潜《古诗源》等等。其中，王夫之《古诗评选》是颇具特色的一部，历来颇受评论界的重视。明末清初，王夫之参与反清复明活动失败，避入深山著书立说，注释、选评各代诗歌，包括《诗广传》、《楚辞通辞》、《古诗评选》、《唐诗评选》、《明诗评选》，眼光独到，评论精辟，富有创见。《古诗评选》录汉、魏、晋、南北朝、隋朝诗共820多首，分体编排，包括古乐府歌行、四言、五七言绝句、五言古诗一和二、五言近体共六卷。正如国内古诗词研究领域的专家在校点《古诗评选》时指出的那样，王夫之“主张真实，反对虚伪；主张纯正，反对鄙俗；主张创造，反对模仿；主张神理，反对死法”，由此可见其选诗标准之高。这本书就是在王夫之《古诗评选》的基础上再选而成的，同时参考了国内相关权威校点本，最终精选出近180首，并一一加以注评。

为了满足较大范围的读者了解、学习唐前诗歌的需要，本选本中除收入一些公认的经典外，尽量选择那些易诵读、易理解，结构紧凑、诗句新颖，情感容易引人共鸣，篇幅适中的诗作，注释务求精简，评析时尽量揭示诗的背景、本事、主旨、技法，同时也努力梳清一些重要诗歌意象的文化源流及文学意蕴。

以上是编者对于汉至隋期间古诗的认识及编写此书的意图，请读者明鉴。

目 录

卷二　四言

卷三　五七言绝句

卷四 五言古诗一（汉至晋）

卷六　五言近体

卷一 古乐府歌行

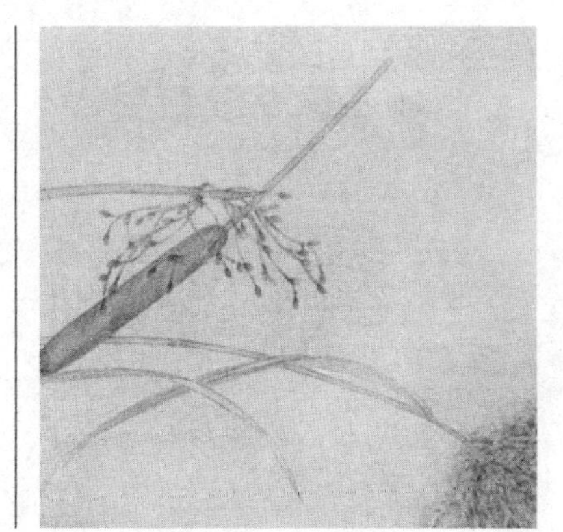

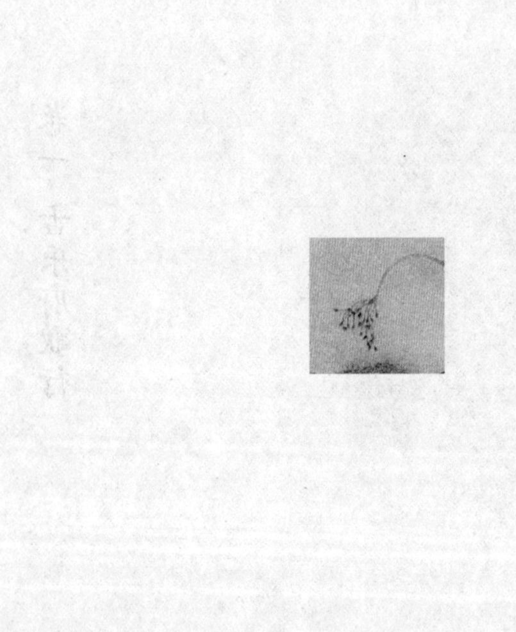

大风歌　汉高帝刘邦

大风起兮①云飞扬，威加海内兮归故乡②，安得③猛士兮守四方!

【作者简介】　刘邦（前256年—前195年），字季，泗水沛县（今江苏沛县）人。秦末起兵，与项羽等推翻秦政权后又与项羽经过四年的楚汉之争，终于夺得天下，成为汉朝的开国皇帝，谥高皇帝。

【注释】　①兮：助词，相当于“啊”。②威：威势。加：施加。海内：国境之内，指全国。③安得：怎么能够得到。

【评析】　公元前196年，曾经与刘邦联手攻打项羽的淮南王英布起兵反汉，刘邦亲自出征并击败英布。得胜回军途中，他回到故乡沛县，并与乡亲宴饮十余日。一天酒酣之后，刘邦一边击筑，一边歌唱这首即兴创作的《大风歌》。诗中没有表现一个胜利者的洋洋自得，而是流露出不安的低沉情绪，这种情绪就是固守江山之不易的焦虑和由此产生的人才难求的极度渴望。此诗采用起兴的传统手法，以风起云涌的阔大自然场面切入，同时又暗喻秦末的天下动乱。而且，这个阔大的场面更能显示出个体的渺小，为作者抒发萦绕心头的不安情绪做了铺垫，从而给读者以强烈的共鸣。

秋风辞　汉武帝刘彻

秋风起兮白云飞，草木黄落兮雁南归。
兰有秀[①]兮菊有芳，怀佳人[②]兮不能忘。
泛楼船[③]兮济汾河，横中流兮扬素波。
箫鼓鸣兮发棹歌[④]，欢乐极[⑤]兮哀情多。
少壮几时兮奈老何!

【作者简介】　汉武帝刘彻（前156年－前87年），汉代第五位皇帝，谥孝武皇帝。颇有雄才大略，武功卓著，而且富有文才，辞赋创作水平比较高，有《悼李夫人赋》传世。

【注释】　①秀：花。②佳人：貌美的女子。③楼船：高大的船。汾河：黄河的第二大支流，主要流经今山西境内。④棹（zhào）歌：行船时船夫所唱的歌。棹：船桨。⑤极：尽头。

【评析】　据《汉武帝故事》，一年秋天，汉武帝率群臣来到河东（今黄河以东的山西境内）祭礼后土。仪式结束后，来到汾河，泛舟中流，面对两岸的瑟瑟秋景，心中不由自主地涌起韶人易逝，人生苦短的感慨。作品以秋景入手，秋景包括两组：一组是秋风、白云、黄叶飘落、大雁南飞等；另一组是开放的兰花、菊花等。但是，后者带给人的赏心悦目怎能抵挡前者带给人的凄凉萧瑟！更何况，思念佳人，更容易为落寞的情绪所包围。佳人是谁呢？汉武帝曾有一位“一顾倾人城，再顾倾人国”的李夫人，可惜的是，李夫人因病去世，汉武帝一直对她念念不忘，这个时候思念的想必就是李夫人吧。诗接着转入对游乐场面的描写，高大的游船在箫鼓声、船工的歌声中行进，气氛热烈，身处其中，自然容易受到感染而心情愉悦。但是这一片乐景的描写骤然为一声沉重的哀叹打断，就像现实生活的种种欢乐往往转瞬即逝一样，并迅速为曲尽人终的凄凉所取代。这是以乐景写哀情。诗的最后一句道出了盘踞作者心头的焦虑，那就是在历经生离死别、求仙无果之后，日渐衰老之际，对死亡的深刻体悟。这个焦虑如果不能化解，哪怕是汉武帝这样不可一世的帝王，也无法坦然走向人生的终点。

战城南 汉铙歌曲

战城南，死郭北[①]，野死不葬乌可食[②]。
为我谓乌："且为客豪[③]！
野死谅不葬，腐肉安能去子逃[④]？"
水声激激，蒲苇冥冥[⑤]；
枭骑战斗死，驽马徘徊鸣[⑥]。
梁筑室，何以南？何以北[⑦]？
禾黍不获君何食？愿为忠臣安可得[⑧]？
思子良臣，良臣诚可思[⑨]：
朝行出攻，暮不夜归[⑩]！

【注释】①郭：即外城，古代以内城为城，外城为郭。②野死：指死于野外。乌：即乌鸦。③谓：对……说。我：战死者自称。客：本指身处异乡的人，此指战死者。豪：即"嚎"，哀嚎。④谅：想必。安能：怎么能够。子：指乌鸦。⑤激激：清澈貌。蒲苇：蒲草和芦苇。冥冥：幽暗貌。⑥枭骑：骏马。枭：一般写作"骁"。驽(nú)马：劣马。⑦梁：桥梁。筑室：盖房子，一说构筑营垒。何以南，何以北：意即怎么能够南来北往。何以：怎么能够。南、北：

此处作动词。⑧禾黍：指农作物。黍：叶线形，子为淡黄色，去皮后称黄米，比小米稍大，煮熟后有黏性。获：收获。安可：怎么能够。⑨思：怀念。子：指战死者。良臣：对战死者的美称。诚：的确。⑩出攻：出征。

【评析】 这是一首表达反战情绪的乐府作品，反战是乐府的传统主题。作品表达主题的视角，即战死者的角度，极其新奇。开头三句为第一节，不动声色地描写了一个死寂的战场，其中最为触目惊心的细节就是战死者的尸骸横卧荒野。接下来的四句为第二节，突然转入战死者对旁观者的一番诉说，诉说的内容竟然是让旁观者转告乌鸦，在啄食战死者的腐尸之前能够为其哀号一下。新奇的想象大大超出了读者的预料！此番诉说还有潜台词，战死者并未请求旁观者或者他人为其哀号，而是希望乌鸦为其哀号，显示出战死者对于自己死后无人问津的绝望。接着四句为第三节，诗人再次回到战场的描写，这里河水静静地流淌、蒲苇在黄昏中摇曳，一片死寂，再加上一匹幸存的战马在遍地的死尸之间徘徊、嘶鸣，显得尤其苍凉。从“梁筑室”至结尾是诗的第四节，诗人终于按捺不住早已压抑在心头的厌战情绪，将其倾泻出来。作品也相应地由冷峻的描写变为热烈的抒情，表达对战死者的同情和思念；同时也流露出对战争危害的反思，即战争破坏了生产、生活的秩序，更不要说戕害生命了。

陌上桑 相和曲

日出东南隅①，照我秦氏楼。秦氏有好女②，自名为罗敷。罗敷喜蚕桑，采桑城南隅。青丝为笼系，桂枝为笼钩③。头上倭堕髻，耳中明月珠④。缃绮为下裙，紫绮为上襦⑤。行者见罗敷，下担捋髭须⑥。少年见罗敷，脱帽著帩头⑦。耕者忘其犁，锄者忘其锄。来归相怨怒，但坐观罗敷⑧。

使君从南来，五马立踟蹰⑨。使君遣吏往，问是谁家姝⑩？"秦氏有好女，自名为罗敷。""罗敷年几何⑪？""二十尚不足，十五颇有余。"使君谢罗敷："宁可共载不⑫？"

罗敷前致辞⑬："使君一何⑭愚！使君自有妇，罗敷自有夫。东方千余骑，夫婿居上头⑮。何用识夫婿？白马从骊驹⑯；青丝系马尾，黄金络马头；腰中鹿卢剑⑰，可值千万余。十五府小吏，二十朝大夫⑱。三十侍中郎，四十专城居⑲。为人洁白皙，鬑鬑颇有须⑳。盈盈公府步，冉冉府中趋㉑。坐中数千人，皆言夫婿殊㉒。"

【注释】①隅：方位。②好女：美女。③青丝：青色的丝绳。笼系：缠绕篮子的丝绳。笼钩：采桑时用来钩桑枝的工具。④倭堕髻：髻偏向一边，呈欲坠落之状，这是当时女子的流行发式。明月珠：宝珠名。⑤缃绮：一种浅黄色的绫。襦：短袄。⑥行者：过路的人。下担：放下担子。捋：抚摸。髭须：胡须。⑦脱帽著帩（qiāo）头：指取下冠整理头发和纱巾，以引起注意。帩头：即绡头，包裹头发的纱巾，古人先以纱巾束发然后戴上冠。⑧怨怒：指耕者、锄者彼此抱怨对方因为看罗敷而耽误了劳作。坐：因为。⑨使君：汉代对太守的称呼。踟蹰：徘徊。⑩姝：美女。⑪几何：多少，指多大年龄。⑫谢：询问，告诉。宁可……不：能不能。宁：语气助词。共载：同乘一辆车，此指嫁给使君。⑬致辞：指答话。⑭一何：多么。⑮上头：前列。⑯何用：凭借什么。识：辨别。骊驹：指马。骊：深黑色的马。驹：小马。⑰鹿卢剑：用丝绦将剑把缠绕起来，像辘轳的样子。鹿卢：即辘轳，井上汲水的用具。⑱府小吏：太守府中的小吏。朝：朝廷。大夫：官职。⑲侍中郎：官职。专城居：一城之主，如太守。⑳皙：白。鬑（lián）鬑：须发稀疏貌。㉑盈盈：

舒缓貌。公府步：官步。公府：官府。冉冉：舒缓貌。趋：缓步。㉒殊：与众不同，此谓出众。

【评析】 这是一首叙事诗，叙述了采桑女秦罗敷巧妙回绝太守引诱的故事，表达对秦罗敷的美貌和节操的赞美。该诗从"日出东南隅"到"但坐观罗敷"为第一节，主要是表现秦罗敷的外在美。此节的写法颇有特点：其一，是通过铺排秦罗敷的妆束来表现其貌美，并不涉及其肤色、五官、身材之类，这是汉乐府写女子貌美的通行做法；其二，通过旁观者的反应来侧面表现秦罗敷的貌美。从"使君从南来"到结尾是诗的第二部分，写秦罗敷的内在美。此节的主体内容是秦罗敷铺排丈夫在外貌、官职等方面的种种优点以奚落太守，从而达到回绝对方引诱的目的，并显示出其对丈夫的忠诚，十分巧妙。值得注意的是，秦罗敷忠于丈夫的理由主要是物质方面的，并不涉及夫妻感情方面，这是受当时婚姻观的局限。

长歌行① 平调曲

青青园中葵，朝露待日晞②。
阳春布德泽③，万物生光辉。
常恐秋节至，焜黄华叶衰④。
百川东到海，何时复西归？
少壮不努力，老大徒伤悲⑤。

【注释】 ①长歌行：乐府旧题，关于该题的义旨说法不一：唐代吴兢《乐府古题要解》云："言荣华不久，当努力为乐，无至老大乃伤悲也。"宋代郭茂倩引晋代崔豹《古今注》云："长歌、短歌，言人寿命长短，各有定分，不可妄求。”②青青：指植物茂盛。葵：蔬菜名。朝露：早晨的露珠。晞（xī）：晾干。③阳春：温暖的春天。春天阳气上升，故称阳春。布：布施，给予。德泽：恩惠。④秋节：即秋天。焜（kūn）黄：指草木枯黄的样子。华（huā）：即“花”。衰：古读cuī，枯萎。⑤少壮：指青少年时代。老大：指老年时期。徒：白白地。

【评析】 这首诗的主旨是劝人趁青春时光，及时努力。该诗的全八句采用起兴的手法，排列了一系列自然现象，不仅引出最后两句情感的抒发，而且暗喻人的生命特征。这些自然现象是葵上的露珠日出之后即被晒干、大自然的植物到秋天后即枯萎、河流奔流入海不再回头。前面两个现象暗喻人的生命的短暂，第三个现象暗喻人的生命的不可逆转。正因为人的生命如此短暂，又不可逆转，珍惜青少年的美好时光才显得如此的紧迫和重要。最后一句是全诗的眼，也是鼓励人进取的警句。

西门行 瑟调曲

出西门，步念①之：
今日不作乐②，当待何时？
夫为乐③，为乐当及时。
何能坐愁怫郁，当复待来兹④？
饮醇酒，炙肥牛⑤，请呼心所欢，可用解忧愁。
人生不满百，常怀千岁忧⑥。
昼短苦夜长，何不秉烛游？
自非仙人王子乔，计会寿命难与期⑦。
自非仙人王子乔，计会寿命难与期。
人寿非金石，年命安可期⑧？

贪财爱惜费，但为后世嗤[⑨]。

【注释】①步念：边走边念叨。②作乐：寻求快乐。③为乐：取乐。④怫郁（fú yù）：忧郁。来兹：来年，泛指今后。⑤醇酒：味道浓香的美酒。炙：烤。⑥千岁忧：意指很久以后的忧患。⑦王子乔：传说中的仙人，东周灵王的儿子，名晋，字子乔。汉代刘向《列仙传》载："王子乔者，周灵王太子晋也。好吹笙作凤凰鸣。游伊洛间，道士浮丘公接上嵩高山。三十余年后，求之于山上，见柏良曰：'告我家：七月七日待我于缑氏山巅。'至时，果乘鹤驻山头，望之不可到。举手谢时人，数日而去。"计会：计算。与期：预料。⑧年命：寿命。安：怎么。⑨爱惜：吝啬。费：指消耗钱财。嗤：嗤笑。

【评析】此诗的主旨在于劝人正视人生，乐观生活。格调也许有些低沉，但对生命的领悟让人警醒。更何况，这样的人生领悟是可以激发人类忘掉现实中无法改变的一切，以乐观的态度生活。诗中采用对比的手法，将生命的有限与忧患的无穷、昼短与夜长、人类与金石、人类与仙人进行对比，从而将生命的特点呈现在人的面前，使人触目惊心。死亡让人绝望，带给人焦虑，就像挥之不去的阴影，笼罩在心头。如果把饮醇酒、炙肥牛、秉烛游，仅仅视为及时行乐的表现，虽有些低沉，也算不上颓废；如果看作是对生命的眷恋，岂不正好显示了人类抗争命运的张力？"人生不满百，常怀千岁忧"道出了人的窘境；"昼短苦夜长，何不秉烛游"，道出人的抗争，成为千古名句。

东门行　瑟调曲

出东门，不顾归[①]。
来入门，怅欲悲[②]。

盎中无斗米储，还视架上无悬衣[③]。
拔剑东门去，舍中儿母牵衣啼[④]：
“他家但愿富贵，贱妾与君共哺糜[⑤]。
上用仓浪天故，下当用此黄口儿[⑥]。
今时清廉，难犯教言，君复自爱莫为非[⑦]。
今时清廉，难犯教言，君复自爱莫为非。”
“咄！行！吾去为迟！白发时下难久居[⑧]。”
“平慎行，望君归[⑨]。”

【注释】 ①东门：东城门。不顾归：决意前往，不考虑能不能回来。顾：念，考虑。②来入门：去而复返，进入家门。怅：失意。③盎（àng）：大腹小口的陶器。储：储藏。还视：回头看。架：衣架。④儿母：孩子的母亲，主人公的妻子。⑤他家：别人家。但愿：只希望。哺糜（bǔ mí）：吃粥。哺：吃。糜：粥。⑥用：为了。仓浪天：即苍天、青天。黄口儿：指幼儿。⑦时：时政。清廉：指时政清明廉洁。犯：违背。教言：教诲的话。为非：犯错。⑧咄（duō）：拒绝妻子的劝告而发出的呵叱声。行：走啦！吾去为迟：意即我已经去晚了。“白发”句：意即我头上常脱落白发，这苦日子难以久挨下去。下：脱落。⑨平：平安。慎行：小心行事。望：期盼。

【评析】 此诗记述了一个男子不堪贫困，不顾妻子的劝阻，铤而走险，进行反抗的故事。作品写出男子从犹豫到坚决的心理过程。犹豫的心理是通过一“出”一“来”反映的，出门时看似决然，其实尚有顾虑，所谓“不顾归”，是在努力说服自己而已，随后的“来入门”不正好透露了其内心的犹豫吗？然而，再次回家时看到的贫困景象让他陷入绝望，终于下定了反抗的决心，此时对妻子的劝阻自然显得极不耐烦了。诗的后半部分对妻子的态度的描写也富有意味。妻子对丈夫铤而走险的行为起初是苦苦劝阻，其劝阻入情入理：情是她愿与丈夫同甘共苦；理则既有大道理，也有小道理，大道理是不能违背天意，小道理是不能撇下幼儿。

当她感到自己的劝阻无法改变丈夫的决心时，她也就只能表达对丈夫平安归来的期盼了。

艳歌行 瑟调曲

翩翩[①]堂前燕，冬藏夏来见。
兄弟两三人，流宕[②]在他县。
故衣谁当补，新衣谁当绽[③]。
赖得贤主人，览取为吾组[④]。
夫婿从门来，斜柯西北眄[⑤]。
语卿且勿眄，水清石自见[⑥]。
石见何累累，远行不如归[⑦]。

【注释】 ①翩翩：鸟飞轻快貌。②流宕：远游，漂泊。③故衣：破旧的衣服。绽：缝制。④贤主人：指游子寄居人家的女主人。览：同“揽”，拿取。组（zhàn）：同“绽”，缝。⑤“夫婿”、“斜柯”二句：意即男主人回来了，见到妻子在为他人缝衣，心生猜忌，倚着门框，斜视着妻子和游子。斜柯：指侧身倚着门框。眄：斜视。⑥“语卿”、“水清”二句：这是游子对男主人所作的解释，意即你不要以这样的眼神打量我们，我和你家女主人是清白的。语：对……讲。⑦“石见”、“远行”二句：意即犹如水清石见，自己的清白得到洗刷，但是，远行在外毕竟不如回家啊。累累：重叠堆积貌。

【评析】 此诗抒发游子漂泊的心酸。作品的开头两句写燕子的冬去夏来，既是交待时令的变迁，又是起兴并暗喻游子的漂泊不定。诗歌在表达游子在外的凄苦时抓住了一个生活细节，即旧衣破了无人缝补，夏天来了，无人缝制新衣。好在女主人心地善良，愿意为其缝补。这应该是值得庆幸的。但紧接着，尴尬的局面出现了，男主人回来，看到妻子为游子缝补衣服，自然心生猜忌，却又不便发作，只是拿奇怪的眼神打量着这一切。见此情境，游子只好主动剖白，化解尴尬。然而心中漂泊的苦涩再次涌上心头，对家的思念越发难以抑制。情感起伏跌宕，寓苦涩于诙谐，又更见苦涩之浓重。

悲歌　杂曲

悲歌可以当泣，远望可以当归①。
思念故乡，郁郁累累②。
欲归家无人，欲渡河无船。
心思不能言，肠中车轮转③。

【注释】①泣：哭泣。归：回家。②郁郁：忧伤苦闷。累累：连续不断貌。③“心思”、“肠中”二句：意指难言的悲感萦绕在心头，像车轮滚来滚去。

【评析】 该诗表达了游子思念故乡却又无家可归的哀痛。作品在开头劈空而出的两句是表达思乡之痛的经典诗句。排解思乡之痛的途径似乎还是有的，如歌唱、远望，但仔细回味，这些真能够减缓思乡之痛吗？答案是不言而喻的。因为回归的道路已被阻断，守望的家人已不存在，自己与故乡的联系一一被掐断，可以想见，在悲歌和远望之后，游子会陷入怎样的绝望境地！于是，乡愁注定会成为萦绕在心头永远的痛。

枯鱼过河泣　杂曲

枯鱼过河泣，何时悔复及①！
作书与鲂鱮，相教慎出入②。

【注释】①枯鱼：干鱼。悔：后悔。及：来得及。②鲂(fáng)：鳊鱼。鱮(xù)：鲢鱼。相教：相互告诫。慎：小心谨慎。

【评析】　这是一首寓言诗，借被人捕去晾干的鱼沉痛地告诫同伴小心出入，来警告人们谨慎行动，以免招祸，这应该是动乱社会里的沉痛呼声。作品的切入点显得极其突兀：一只枯鱼被人拎着，过河之际，它竟在哭泣，竟在后悔。这是将枯鱼拟人化，体现出新奇的想象力。至于枯鱼为什么哭泣，为什么后悔。作品暂不交待，而是宕开一笔，说枯鱼想写信给同伴。这又是一个新奇的想象。信的内容是什么呢？原来，枯鱼想告诉同伴谨慎出入，以免落得自己一样的境地。此时，读者一定会恍然大悟。

羽林郎①　杂曲

昔有霍家奴，姓冯名子都②。
依倚将军势，调笑酒家胡③。
胡姬年十五，春日独当垆④。
长裾连理带，广袖合欢襦⑤。

头上蓝田玉，耳后大秦珠[6]。
两鬟何窈窕，一世良所无[7]。
一鬟五百万，两鬟千万余。
不意金吾子，娉婷过我庐[8]。
银鞍何煜爚，翠盖空踟蹰[9]。
就我求清酒[10]，丝绳提玉壶。
就我求珍肴，金盘脍鲤鱼[11]。
贻我青铜镜，结我红罗裾[12]。
不惜红罗裂，何论轻贱躯[13]。
男儿爱后妇，女子重前夫。
人生有新旧，贵贱不相逾[14]。
多谢金吾子，私爱徒区区[15]。

【注释】 ①羽林郎：汉代禁军官名，负责宿卫京师、侍从皇帝。②霍家奴：西汉大将军霍光，其家奴有叫冯子都的。此诗作于东汉，这里是以古喻今。③酒家胡：当垆卖酒的胡姬，后泛指酒家侍者或卖酒女子。④姬：美丽的女子。垆：旧时酒店里安放酒瓮的土台，也指酒店。⑤裾：衣襟。襦(rú)：短衣。⑥蓝田玉：以蓝田出产的玉制成的首饰。大秦珠：西域大秦国产的宝珠，也指远方异域所产的宝珠。⑦鬟(huán)：古代妇女梳的环形发髻。窈窕：娴静美好。一世：全世界。良：确实。⑧金吾子：对金吾官员的尊称。金吾：汉代负责京师保卫、治安的禁卫军官员。娉婷：姿态美好。庐：房舍。⑨煜爚(yù yuè)：光辉灿烂。翠盖：饰以翠羽的车盖。空：等待、停留的意思。踟蹰(chí chú)：徘徊。⑩清酒：与浊酒相对，过滤的为清酒，未过滤的为浊酒。⑪珍肴：美味佳肴。脍(kuài)：细切的肉，此处作动词，细切。⑫贻：赠送。结我红罗裾：指以红罗裾为信物与我结好。红罗：红色的轻软丝织品。⑬“不惜”、“何论”二句：意即你不惜裁剪下红罗来与我结好，我又何必计较这轻贱之躯呢！裂：从织机上把满一匹的布帛裁剪下来叫“裂”。论：计较。

⑭"人生"、"贵贱"二句：意即我不能弃旧从新，不能放弃低贱去攀附权贵。逾：超越。⑮谢：感谢，这里有谢绝的意思。私爱：单相思。徒：白白地。区区：诚恳真挚的情意。

【评析】 此诗与《陌上桑》的主旨极为相似，讲述一个酒家胡姬巧妙回绝权贵的调戏，称赞了她的美丽、机智以及忠贞。全诗分三节，前四句为第一节，是总括全诗，并暗示作者对于仗势欺人的所谓权贵的轻视。第二节从"胡姬年十五"至"两鬟千万余"，采用汉代乐府常用技法，即铺排妆饰之繁盛和华贵来表现胡姬的美丽。第三节从"不意金吾子"至结尾：先以四个动作即两个"就我"以及"贻我"、"结我"来描写金吾子不怀好意地一步步接近胡姬，并最终露出真实动机和丑恶嘴脸。胡姬显然不为所动，但其拒绝的方式十分巧妙，先扬后抑，有理有节，柔中带刚。先以谦卑的态度回应对方：你不惜裁剪下红罗来与我结好，我又何必计较这轻贱之躯呢！在对方以为得逞之机，却话头一转，以极清醒的态度讲出一番透彻的道理：男人喜新厌旧，女人却忠于前夫，而且自己毫无攀附权贵的念头。这无疑给对方当头浇了一盆冷水。

白头吟 卓文君

皑如山上雪，皎若云间月①。
闻君有两意，故来相诀绝②。
今日斗酒会，明旦沟水头③。
躞蹀御沟上，沟水东西流④。
凄凄复凄凄，嫁娶不须啼。
愿得一心人，白头不相离⑤。
竹竿何袅袅，鱼尾何簁簁⑥！

男儿重意气，何用钱刀为⑦!

【作者简介】 卓文君，西汉蜀地巨商卓王孙的女儿，貌美，通音律。孀居期间与司马相如相爱并私奔。

【注释】①皑、皎：洁白。②两意：指变心。诀绝：断绝。③“今日”、“明旦”二句：意即今天置酒作最后的聚会，明早就在沟边分手。斗：盛酒的器具。④“躞蹀”、“沟水”二句：意即一个徘徊于御沟边，一个像沟水一样一去不回头。躞蹀(xiè dié)：徘徊。御沟：流经御苑或环绕宫墙的水沟。东西流：即东流。⑤“凄凄”、“嫁娶”、“愿得”、“白头”四句：意即伤心地哭泣啊伤心地哭泣，如果是嫁给一个专一的男人，出嫁时有什么好哭泣的呢？多么期待两人可以永不分开，直到白头啊！凄凄：悲伤貌。一心：感情专一。⑥“竹竿”、“鱼尾”二句：中国古代常以钓鱼喻男女求偶，这里喻指男女相爱的幸福。竹竿：指钓竿。袅袅：动摇貌。簁(shāi)簁：鱼跃貌。⑦意气：指恩情。何用：不用。钱刀：刀形的钱。为：语气词，表示感叹。

【评析】 当司马相如与卓文君生计艰难之际，曾得到文君之父卓王孙的资助。后来，司马相如因献赋汉武帝受到赏识并封官，便欲娶茂陵一女子为妾。卓文君得知此事，写下此诗，表达面临背叛的哀怨。全诗想象即将诀别的哀伤，渴望忠贞不渝的爱情，哀婉动人。据说司马相如读到后改变了主意，大概就是这些打动了他吧。尤其是“愿得一心人，白头不相离”一句，千古传颂，成为后世渴望忠贞不渝爱情者的誓言。

怨歌行　班婕妤

新裂齐纨素①，鲜洁如霜雪。
裁为合欢扇，团团似明月②。

出入君怀袖，动摇微风发。
常恐秋节至，凉飙夺炎热③。
弃捐箧笥中，恩情中道绝④。

【作者简介】 班婕妤（前48年—2年），名不详，楼烦人。班固的祖姑。汉成帝时选入宫，初为少使，后立为婕妤，并受到成帝的宠爱。善长辞赋，现存作品仅三篇，即《自伤赋》、《捣素赋》和一首五言诗《怨歌行》（亦称《团扇歌》）。

【注释】 ①新裂：刚从织机裁剪下来。裂：裁剪。齐纨素：齐地所产的纨素。纨素：洁白精细的绢。鲜洁：洁净无瑕疵。②合欢扇：上有对称图案花纹，象征男女欢会，也叫团扇。团团：圆圆的样子。③秋节：泛指秋季。飙（biāo）：急风。夺：驱散。④捐：抛弃。箧笥（qiè sì）：箱子。中道：中途。

【评析】 随着赵飞燕的得宠，班婕妤受到冷落，便主动提出居长信宫侍奉太后，以求自保，并创作了此诗，表达被君王冷落的伤悼情绪。《乐府解题》载："《婕妤怨》者，为汉成帝班婕妤作也。婕妤，徐令彪之姑，况之女。美而能文，初为帝所宠爱。后幸赵飞燕姊弟，冠于后宫。婕妤自知见薄，乃退居东宫，作赋及纨扇诗以自伤悼。"这是一首咏物诗，借秋扇见捐喻指女子被冷落、被抛弃。作品分为两节，前六句为第一节，后四句为第二节。第一节描述团扇的材质、制作、功能，这是咏物诗通行的写法，但要注意到，描写材质时强调其精细，暗喻制作者的美好品质；制作则强调制作者的灵巧，特别是以其精心绣制的图案暗示对美好爱情的向往；功能则强调了使用者的特殊，为以下的抒情做了铺垫。第二节是从团扇的角度表达秋天来临，被弃置箱中的哀伤，实际上是表达团扇的制作者即女子被冷落的哀伤。秋扇见捐后来成为一个成语，用来指女子被男人冷落，有时也指文人被君王冷落。

董娇娆[1] 宋子侯

洛阳城东路，桃李生路旁。
花花自相对，叶叶自相当[2]。
春风东北起，花叶正低昂[3]。
不知谁家子，提笼行采桑。
纤手折其枝，花落何飘飏[4]。
“请谢彼姝子，何为见损伤[5]？”
“高秋八九月，白露变为霜。
终年会飘堕，安得久馨香[6]！”
“秋时自零落，春月复芬芳。
何如盛年去[7]，欢爱永相忘！”
吾欲竟[8]此曲，此曲愁人肠。
归来酌美酒，挟瑟上高堂。

【作者简介】 宋子侯，东汉人，身世不详。

【注释】 ①董娇娆：女子名，其事不详，或为歌伎，尽管此诗以该女子名题，但不涉及其事，可能是沿用乐府旧题。②相对：对称。相当：即“相对”。③低昂：或低或高。④飘飏：缤纷下落。⑤请谢：请问。姝子：美丽的女子。见损伤：指花被女子采摘。⑥飘堕：飘零。安得：怎么能够。馨香：芳香。⑦何如：何似，比……怎么样。盛年：指青春年少。⑧竟：终，完。

【评析】 此诗是较早的文人五言诗。作品以花喻人——花有开有落，人有生有死，这是共性，从落花那里，人感受到青春消逝的哀伤。但是，花明年还会再开，人却死不复生，这是不同。由此，人感受到青春一去不返的绝望。诗中关于生命、青春的哲理是通过一个采桑女与花的对话来表现的，形象而又富有创意，表达也颇有起伏。从“洛阳”至“花落”为诗的第一节。以大半的篇幅写花的灿烂，这既是实景，也是起兴，引出采桑女折花枝的举动。采桑女折花枝的动机是什么？作品在此留下一个悬念。从“请谢”至“欢爱”为第二节，是花与人的对话，即花的疑问——采桑女的回答——花的反诘。采桑女对其为何折花枝的回答是：鲜花虽美，秋天一到，总是要零落的，言外之意不值得珍惜。采桑女为自己行为所作的辩解实际上将其隐秘的心结暴露出来——花的馨香不能持久，人的青春也不能够持久！而花以其开与落的循环往复来反诘采桑女，至此，花与人的对话戛然而止。想来采桑女在听到花的反诘后一定会陷入极度的绝望，无法自持，还哪能反驳？的确，人连花都不如啊！鲜花飘零明年还会再开，青春却一去不返。此时读者大致可以揣摩到采桑女折花枝的动机了，她是由灿烂的鲜花无人采摘想到自己正青春年少却无人怜爱！其实，她是由花联想到人，充满无限的自怜。最后四句为第三节，是以第三者角度来抒发人生的哀痛，并表达只能借饮酒、弹琴暂时舒解忧愁和无奈。

鸡鸣歌　古歌谣

东方欲明星烂烂，汝南鸣鸡登坛唤①。
曲终漏尽严具陈，月没星稀天下旦②。
千门万户递鱼钥，宫中城上飞乌鹊③。

【注释】　①烂烂：光芒闪耀貌。汝南：后汉郡名，位于今河南南部。鸣鸡：宫中不能养鸡，此为人扮成鸡学打鸣以报时。宋郭茂倩《乐府诗集》引《乐府广题》称：“汉有鸡鸣卫士，主鸡唱。宫外旧仪，宫中与台并不得畜鸡。昼漏尽，夜漏起，中黄门持五夜，甲夜毕传乙，乙夜毕传丙，丙夜毕传丁，丁夜毕传戊，戊夜，是为五更。未明三刻鸡鸣，卫士起唱。”坛：土台。②漏尽：指快要天亮。漏：铜壶滴漏，古代的计时器具。严具：戒严的设施。陈：摆设、陈列。③鱼钥：鱼形的钥匙。

【评析】 此歌谣描写晨鸡始鸣至天明的过程，作品通过一组画面的次第更新来呈现天明的动态过程。这组画面中有两类元素，其一是自然的，如星星、月亮、乌鸦等;其一是人文的，主要集中于宫中，如鸡鸣卫士起唱、宫中戒具陈设、宫门次第打开等。可以说这是一幅汉代宫廷风俗图。

城上乌 古歌谣

城上乌，尾毕逋①。
公为吏，子为徒②。
一徒死，百乘车③。
车班班，入河间，河间姹女工数钱④。
以钱为室金为堂，石上慊慊舂黄粱⑤。
梁下有悬鼓，我欲击之丞相怒⑥。

【注释】 ①毕逋(bū)：鸟尾拍动时发出的声音。②公为吏，子为徒：指父亲为军吏，儿子为军卒，相继出征。③一徒死，百乘车：指一人战死，又遣百乘战车前往。④车班班，入河间：此指桓帝将崩时，外戚派人入河间迎立刘宏为灵帝一事。班班：络绎不绝貌。河间：地名，今属河北沧州。姹女：美女。⑤“以钱”、“石上”二句：此指灵帝的母亲永乐太后好聚敛金钱一事。慊(qiàn)慊：不满足。舂黄粱：将黄粱放在石臼里捣去外皮或捣碎。黄粱：即粟米。⑥“梁下”、“我欲”二句：此指永乐太后教灵帝卖官，朝廷所用非人，忠诚之士想击鼓求见，然而管理悬鼓的官员却横加阻止。

【评析】 这是一首汉末桓帝、灵帝时期的歌谣，讽刺了当时的种种弊政。全诗采用顶针格，将这些弊政和盘托出，一气呵成。《后汉书·五行志》载："桓帝之初，京都童谣。按此皆谓为政贪也。'城上乌，尾毕逋'者，处高利独食，不与下共，谓人主多聚敛也。'公为吏，子为徒'者，言蛮夷将畔逆，父既为军吏，其子又为卒徒往击之也。'一徒死，百乘车'者，言前一人往讨胡既死矣，后又遣百乘车往。'车班班，入河间'者，言桓帝将崩，乘舆班班入河间迎灵帝也。'河间姹女工数钱，以钱为室金为堂'者，灵帝既立，其母永乐太后好聚金以为堂也。'石上慊慊舂黄粱'者，言永乐虽积金钱，慊慊常苦不足，使人舂黄粱而食之也。'梁下有悬鼓，我欲击之丞卿怒'者，言永乐教灵帝，使卖官受钱，所禄非其人，天下忠笃之士怨望，欲击悬鼓以求见，丞卿主鼓者，亦复谄顺，怒而止我也。"

饮马长城窟行[①] 蔡邕

青青河畔草，绵绵思远道[②]。
远道不可思，宿昔[③]梦见之。
梦见在我傍，忽觉[④]在他乡。
他乡各异县，展转[⑤]不相见。
枯桑[⑥]知天风，海水知天寒。
入门各自媚，谁肯相为言[⑦]。
客从远方来，遗我双鲤鱼[⑧]。
呼儿烹鲤鱼，中有尺素书[⑨]。
长跪读素书，书中竟何如[⑩]。
上言加餐食，下言长相忆[⑪]。

【作者简介】 蔡邕（133 年 –192 年），字伯喈，东汉陈留郡圉（今河南开封市圉镇）人。东汉末年著名的文士，官至左中郎将，后人称其为“蔡中郎”。曾因直言被宦官诬陷，流放朔方，辗转至江南。董卓掌权，蔡邕受召入京，历任祭酒、侍御史、治书侍御史、尚书、巴郡太守、左中郎将等职，随献帝迁都长安，封高阳乡侯。董卓被诛，蔡邕曾发出一声感叹而被司徒王允下狱，不久死于狱中，时年六十。

【注释】 ①饮马长城窟行：乐府旧题，原辞已不传，此诗与旧题没有关系。②绵绵：连绵不断，此为双关，连绵不断的青青春草引起对征人的缠绵不断的思念。远道:远行。③宿昔:昨夜。④觉:睡醒。⑤展转:即“辗转”，行踪不定。⑥“枯桑”、“海水”二句：意即桑树虽然已经落叶，仍能感受到风的吹拂，海水虽然不能结冰，也能感受到天的严寒。言外之意，远游的人即使再冷酷无情也应该感到了我思念的凄苦。枯桑:落叶的桑树。⑦“入门”、“谁肯”二句:意即他人回家后与家人相互取悦，谁还会来问候我呢。入门:指回家。媚：取悦。为言：指探问、问候。⑧遗：赠送。双鲤鱼：藏纳书信的函，就是刻成鲤鱼形的两块木板，一底一盖，把书信夹在里面；一说将上面写着书信的绢结成鱼形。⑨烹鲤鱼：此指打开书函。尺素书：古人写文章或书信用长一尺左右的绢帛。书：信。⑩长跪：古人席地而坐，两膝着地，臀部压在脚后根上。跪时将腰伸直，上身就显得较长，故称“长跪”。何如:怎么样。⑪上、下：指书信的前部与后部。相忆：相思、想念。

【评析】 这是一首闺怨诗，表达独守空闺的女子对远游他乡的丈夫的思念及埋怨。从“青青河畔草”至“谁肯相为言”为第一节。诗的开头以草起兴，引出女子的思念，即女子的思念不断蔓延，像野草一样疯长。《楚辞·招隐士》有“王孙游兮不归，春草生兮萋萋”，是以野草喻别情，此后，诗人常用这个隐喻，最有名的是白居易《赋得古原草送别》。野草长满道路，连绵不断，伸向远方，女子的目光沿着道路投向尽头，其思绪也像野草一样疯长，她思念的对象，就在道路的尽头，却又遥不可及。她只能在梦中与丈夫相会，一旦醒来，发现丈夫并不在身边，顿时为彻底的孤寂感所包围。再看到别的夫妻恩恩爱爱，自己孤孤单单，再也按捺不住，流露出埋怨丈夫无情的情绪。这里以枯桑、海水的有知来反衬人的无情,颇有新意。从“客从远方来”到“下言长相忆”为第二节。有人认为此节八句本为另一首诗,其诗句和立意与《古诗十九首》中的《孟冬寒气至》相近。

短歌行[①] 曹操

对酒当歌，人生几何[②]？譬如朝露，去日苦多[③]。
慨当以慷[④]，忧思难忘。何以解忧？惟有杜康[⑤]。
青青子衿，悠悠我心[⑥]。但为君故，沉吟至今。
呦呦鹿鸣，食野之苹。我有嘉宾，鼓瑟吹笙。[⑦]
明明如月，何时可掇[⑧]？忧从中来，不可断绝。
越陌度阡，枉用相存[⑨]。契阔谈宴，心念旧恩[⑩]。
月明星稀，乌鹊南飞。绕树三匝，何枝可依[⑪]？
山不厌高，海不厌深[⑫]。周公吐哺，天下归心[⑬]。

【作者简介】 曹操（155 年—220 年），字孟德，小字阿瞒，东汉沛国谯县（今安徽亳州）人。汉末著名政治家、军事家和文学家。其挟天子以令诸侯，统一北方，并与刘备、孙权三分天下，为后来的曹魏政权奠定了基础。曾任东汉丞相，后为魏王，去世后谥号为武王。其子曹丕称帝后，追尊其为武皇帝，庙号太祖。其诗歌以乐府旧题写时事，充满对国计民生的殷切关怀和远大的抱负以及理想难以实现的苦闷，情调苍凉悲壮。

【注释】 ①短歌行:乐府诗题,宋郭茂倩《乐府诗集》引崔豹《古今注》称:“长歌、短歌，言人寿命长短，各有定分，不可强求。”但他认为实指歌声的长短，并举曹丕《燕歌行》诗句“援琴鸣弦发清商，短歌微吟不能长”为证。但自从有曹操此诗以来，“短歌行”一题常用来表达生命短促的哀叹。②几何：多少。③朝露：喻人生之短促。汉乐府《薤露行》：“薤上露，何易晞。露晞明朝更复落，人生一去何时归？”去日：过去的日子。苦多：遗恨很多。④慨当以慷：即“慷慨”，情绪激昂。⑤何以：用什么。杜康：相传古代最初造酒的人，此代酒。⑥“青青”、“悠悠”二句：源出《诗·郑风·子衿》：“青青子衿，悠悠我心。纵我不往，子宁不嗣音？”这里是借女子对情人的思念表达诗人对贤才的渴求。衿：衣领。悠悠：思念连绵貌。⑦“呦呦鹿鸣”以下四句：出自《诗·小雅·鹿鸣》，即：“呦呦鹿鸣，食野之苹。我有嘉宾，鼓瑟吹笙。吹笙鼓簧，承筐是将。人之好我，示我周行。呦呦鹿鸣，食野之蒿。我有嘉宾，德音孔昭。视民不恌，君子是则是效。我有旨酒，嘉宾式燕以敖。呦呦鹿鸣，食野之芩。我有嘉宾，鼓瑟鼓琴。鼓瑟鼓琴，和乐且湛。我有旨酒，以燕乐嘉宾之心。”该诗为宴飨诗，以鹿鸣起兴，表达宴会的和乐场面，这里借以表达对宾客的热诚相待。苹：蒿的一种。⑧掇：拾起。或作“辍”，停止。⑨陌、阡：指田间小路，南北叫阡，东西叫陌。枉用相存：枉劳存问。枉：白白的。存：问候。⑩契阔：聚与散，此为偏义复词，指重逢。谈宴：聚谈宴饮。旧恩：昔日的恩情。⑪“月明”以下四句：沈德潜《古诗源》说：“月明星稀”四句，喻客子无所依托；“山不厌高”四句，言王者不却众庶，故能成其大也。匝：周围，即一圈。依：栖止，停留。⑫“山不”、“海不”二句：此以山与海的阔大能容来表达诗人渴望贤才归附、多多益善的心理。⑬周公吐哺，天下归心：《韩诗外传》载：“吾，文王之子，武王之弟，成王之叔父也。又相天下，吾于天下亦不轻矣。然一沐三握发，一饭三吐哺，犹恐失天下之士。”此以周公勤政爱才来表达诗人对于贤才的渴求。

【评析】 此诗抒发人生短促、功业未成的苦闷和渴求贤才以建功立业的壮志。清代张玉穀《古诗赏析》说：“此叹流光易逝，欲得贤才以早建王业之诗。”韶光易逝、人生短促，这是当时文人对于人生的普遍感受，但是怎么消解内心的焦虑，至少有三种途径：其一，及时行乐；

其二，建功立业；其三，求仙。从“对酒当歌”至“唯有杜康”一节表达的似乎是及时行乐的普遍社会意识。“青青子衿”至“鼓瑟吹笙”一节基本是化用《诗经》中的句子，表达的是思念和热诚。诗人思念的对象是谁？对谁热诚？暂未交待。从“明明如月”至“心念旧恩”一节，以谦卑的态度表达对于宾客归附，宾主相得的欣喜。从“月明星稀”至“天下归心”一节中采用了周公的典故，透露出诗人的政治抱负。原来，诗人是以建立功业的积极人生态度来消解生命短促的焦虑。至此，读者才最终明白诗人真正忧虑的是什么，那就是如何延揽贤才，助其成就统一大业！

步出夏门行[1]（选二首） 曹操

云行雨步，超越九江之皋[2]。临观异同，心意怀游豫，不知当复何从[3]？经过至我碣石，心惆怅我东海[4]。

其一

东临碣石，以观沧海。
水何澹澹，山岛竦峙[5]。
树木丛生，百草丰茂。
秋风萧瑟，洪波涌起。
日月之行，若出其中。
星汉灿烂，若出其里[6]。
幸甚至哉！歌以咏志[7]。

【注释】 ①步出夏门行：乐府旧题，又名“陇西行”。夏门，是洛阳的一个城门。该乐府组诗共分五部分，开头是序曲，即“艳”，意即引子，接着是《观沧海》、《冬十月》、《土不同》、《龟虽寿》四章，内容与诗题无关，是借古题写时事。此选第一、四章。此组诗是建安十二年（207年）曹操北征乌桓凯旋时所作。乌桓是塞外的一支游牧民族，汉末，辽西部蹋顿成为乌桓的军事首领，曾出兵帮助袁绍攻打公孙瓒。袁绍死后，其子袁尚胁迫冀、幽二州军民十余万户投奔蹋顿。其后，蹋顿也屡次入塞为害。曹操为巩固北方的统治和消灭袁氏残余势力，决定远征乌桓。建安十二年夏北征，八月，大获全胜，九月，还师，次年正月，返回邺城。②云行雨步：可能为“云行雨施”，语出《周易》。皋（gāo）：水边的高地。③异同：指南征和北伐两种意见。游豫：即犹豫。④碣（jié）石：原为渤海边的一座山，位于今河北省昌黎县北，由于陆地延伸，现离渤海较远。⑤何：多么。澹（dàn）澹：水波动荡的样子。竦峙（sǒng zhì）：挺立。竦：同“耸”。⑥“日月”以下四句：指海的壮阔，日月星辰都好像是在里面运行。星汉：银河。⑦“幸甚”、“歌以”二句：意即真是高兴至极啊，以此歌来表达感情。此为乐工为合乐所加，与正文无关。

【评析】 这是中国古代最早的一首山水诗，诗的主要内容以碣石山为观察点看到的海水、山岛、树木、日月星辰等。写景的次序是先整体后局部再整体，就像摄像镜头由远及近再拉远一样。写大海时强调其壮阔，写海岛时强调其生机。此诗描写的应为秋景，但毫无萧瑟之感，这与宋玉《九辩》开创的悲秋主题不一样，显示出诗人独特的胸襟。

其二

神龟虽寿，犹有竟时①。
螣蛇乘雾，终为土灰②。
老骥伏枥，志在千里③。

烈士暮年，壮心不已④。
盈缩之期，不但在天⑤。
养怡之福，可得永年⑥。
幸甚至哉！歌以咏志。

【注释】①神龟：龟的寿命很长。故有此说。竟：终，完。②螣蛇：传说中一种可以乘雾飞行的蛇。③骥：骏马。枥：马槽。④烈士：志士，胸怀壮志的人。暮年：晚年。⑤“盈缩”、“不但”二句：意即生命的长短不一定完全受上天的支配。盈缩：指生命的长短。⑥“养怡”、“可得”二句：意即保养身心的好处就是可以延年益寿。养怡：保养身心。永年：延年益寿。

【评析】 此诗表达了诗人虽至暮年仍然积极进取的人生态度，格调慷慨激昂。创作此诗时，曹操已步入暮年。生命短促，很多人希望通过服食求仙以求长生不老，他对此却有清醒认识：人终有一死，就像神龟，哪怕寿命三千年，还是难逃死劫；又如螣蛇，本事再大，终将灰飞烟灭。如何消解生命短促的痛苦，诗人选择了两条途径：其一，建功立业，提高生命质量。所以，诗人尽管步入暮年，心中仍然激荡着建功立业的豪情；其二，保养身心，增加生命长度。可见，诗人不甘听从上天的摆布，秉持积极向上的人生态度。“老骥伏枥，志在千里”，表现出诗人永不衰竭的激情。古往今来，这首诗不知激励了多少英雄豪杰为理想而奋斗终生！

燕歌行[①]（选一首） 曹丕

秋风萧瑟天气凉，草木摇落露为霜，群燕辞归雁南翔②。
念君客游思断肠，慊慊思归恋故乡③，君何淹留寄他方④？

贱妾茕茕守空房⑤，忧来思君不敢忘，不觉泪下沾衣裳。
援琴鸣弦发清商，短歌微吟不能长，明月皎皎照我床⑥。
星汉西流夜未央，牵牛织女遥相望，尔独何辜限河梁⑦？

【作者简介】 曹丕（187年—226年）字子桓，曹操次子，自小随父亲南征北战，后被曹操确立为继承人，留守邺城。建安二十五年（220年），代汉自立为帝，建都洛阳，国号魏，死后谥文帝。曹丕的诗委婉缠绵，与父亲曹操的悲壮颇不相同。

【注释】 ①燕歌行：乐府旧题，古辞亡。《乐府解题》："燕，地名也，言良人从役于燕而为此曲。"则《燕歌行》就是思妇之词。但后来的《燕歌行》往往是征夫之词；一说《燕歌行》是燕地流行的曲子。②"秋风"以下三句：化用宋玉《九辩》中的句子，原文为："悲哉！秋之为气也。萧瑟兮草木摇落而变衰。憭栗（liáo lì，凄凉貌）兮若在远行。登山临水兮送将归。泬寥（jué liáo，空旷貌）兮天高而气清；寂寥兮收潦而水清。憯凄增欷兮薄寒之中人；怆怳（chuàng huǎng，失意貌）懭悢（kuǎng liàng，失意貌）兮去故而就新；坎廪（kǎn lǐn，不得志）兮贫士失职而志不平；廓落（孤寂貌）兮羁旅而无友生；惆怅兮而私自怜。燕翩翩其辞归兮，蝉寂漠而无声……""悲秋"后来成为中国古代文学中一个重要的主题，主要用以表现失意情怀。摇落：凋零。③"念君"、"慊慊"二句：这是思妇揣测对方对自己的思念。慊慊：不满足。④淹留：羁留，长时间逗留。⑤贱妾：女子的谦称。茕（qióng）茕：孤独貌。⑥援：执，持。清商：乐府曲调名，格调凄惋。短歌微吟不能长：意即因为哀伤只能低吟急促的短曲，不能歌唱舒缓的歌曲。微吟：低吟。皎皎：明亮貌。⑦星汉西流：银河向西流转，即夜已深。星汉：银河。尔：指牛郎和织女。何辜：何罪。限河梁：意即牛郎织女为银河所隔，不能相见。河梁：桥梁。

【评析】 此诗表达了一个思妇复杂的内心世界。该诗三句为一节。第一节由秋景起兴，三个诗句全部化用宋玉《九辩》中的句子。自宋玉以来，文人往往借描写秋景表达愁绪。这里对秋景的描写抓住了落叶、霜露、归雁等物象，既营造凄清的氛围，又引出思妇盼望丈夫归来的心绪。第二节转入对丈夫的思念。这里写女子的思念却从对方入笔，不是说女子对丈夫的思念,而是以女子揣测的口吻来写丈夫对女子的思念。这种表现思念的技法在《诗经·魏风·陟岵》就已出现，在中国古诗中比较常见，如白居易“想得家中夜深坐，还应说着远行人”。第三节写女子排遣相思之痛。弹琴、唱歌，结果都是无济于事，然后借望月来排遣相思。第四节由相思之痛引起的怨恨情绪。望月本为缓解相思之痛，但是为银河所隔的牛郎织女反而勾起思妇心中更加剧烈的痛楚，于是，她借对牛郎织女的不解，表达对丈夫不归的埋怨。此诗是现存最早的一首完整的七言诗,被称为“七言诗之祖”。全诗句句押韵,韵脚为“ang”，显得低沉、绵长，契合思妇的愁绪。

野田黄雀行　曹植

高树多悲风，海水扬其波①。
利剑不在掌，结友何须多？
不见篱间雀，见鹞自投罗②。
罗家③得雀喜，少年见雀悲。
拔剑捎④罗网，黄雀得飞飞⑤。
飞飞摩⑥苍天，来下谢少年。

【作者简介】 曹植（192年—232年），字子建，曹操第三子，曹丕异母弟。深受曹操宠爱，曹操曾一度欲立其为继承人，但在与曹丕的争夺中落败。曹丕称帝后，曹植颇受猜忌和压制，名为王侯实则囚徒。曾封陈王，谥为思，世称陈思王。钟嵘《诗品》称其为“建安之杰”。曹植早期的作品充满建功立业的抱负，后期作品充满备受压抑的苦闷。今有《曹植集》。

【注释】 ①“高树”、“海水”二句：喻指环境的险恶。悲风：凄厉的寒风。②“不见”、“见鹞”二句：意即雀见到鹰因为害怕而失魂落魄，误投罗网。鹞：鹰类，似鹰而小。③罗家：设罗网捕雀的人。④捎：除。⑤飞飞：飞行貌。⑥摩：迫近。

【评析】 建安二十五年（220年），曹操病故，曹丕继位，便迫不及待地将曹植的至交丁仪、丁廙兄弟杀害，曹植无力相救，悲愤之际写此诗。诗人以少年英雄拔剑营救误投罗网的黄雀这件事来抒发自己对友人遇难却无力救助的悲愤。诗开头两句以写景起兴，营造出压抑的氛围，又暗喻政治环境的严酷。接下来两句意即如果没有足够的权力保护朋友就不要结交过多的朋友！这显然是愤激之辞，是无能为力的悲叹。“不见篱间雀”以下描写少年英雄营救黄雀之事，尽管出于幻想，却寄托了诗人无限的希冀。

饮马长城窟行① 陈琳

饮马长城窟，水寒伤马骨。
往谓长城吏：“慎莫稽留太原卒②！”
“官作自有程，举筑谐汝声③！”
“男儿宁当格斗死，何能怫郁筑长城④！”
长城何连连，连连三千里⑤。
边城多健少，内舍多寡妇⑥。
作书与内舍：“便嫁莫留住！善事新姑嫜，时时念我故夫子！”⑦

报书往边地："君今出语一何鄙！"⑧
"身在祸难中，何为稽留他家子？
生男慎莫举，生女哺用脯。
君独不见长城下，死人骸骨相撑拄。⑨"
"结发行事君，慊慊心意关⑩。
明知边地苦，贱妾何能久自全⑪！"

【作者简介】 陈琳（?—217年），字孔璋，魏广陵（今江苏江都县）人，"建安七子"之一。初为袁绍记室，曾著《为袁绍檄豫州文》，历数曹操的罪状，极富煽动力。袁绍失败后归附曹操。诗、赋、文兼善，特别擅长章表书记，军国文书多出其手。

【注释】 ①饮马长城窟行：乐府旧题。窟：指泉眼。②慎莫：留心，注意，此有恳求之意。稽留：滞留。太原：秦时太原郡，今山西中部一带。③程：期限。举筑谐汝声：这是长城吏告诫筑城卒的话，意即将捣土的动作与你口里喊的号子节奏一致吧。筑：用于捣土的杵，筑城工具。谐：调和。④格斗：作战。怫郁：愁闷。⑤连连：连绵不断。⑥健少：青壮年。内舍：女子居住的内室。⑦作书：写信。事：侍奉。姑嫜：指公公和公婆。故夫子：即前夫，相对于新嫁的丈夫而言，此是筑城卒的自称。⑧报书：回信。鄙：浅陋。⑨"生男"以下四句：秦时有民谣：生男慎勿举，生女哺用脯，不见长城下，尸骸相支拄。举：指养育。哺：喂养。脯：干肉。撑拄：支撑。⑩ 慊慊：不满足。关：牵挂。⑪"明知"、"贱妾"二句：意即我知道边地生活很苦，你一定要保重；一旦你死了，我怎么能够独自苟活？这是表达对丈夫的忠贞。

【评析】 这是一首对话体叙事诗，通过役卒与筑城吏、与妻子的对话，表达了繁重的劳役带给征人的苦难。全诗有两个对话片断，每一句话都富有个性色彩，充分表现出人物的性格与心理。其一是役卒与筑城吏的对话。"慎莫稽留太原卒"表现出役卒渴望回家的急切心情和可能被稽留的沉重忧虑。然而，他得到的是筑城吏敷衍的回应，语气中还透着冷漠。听到此话，役卒彻底失望了，便发出宁可战死也不愿意筑城的呼喊。第二段对话是役卒与妻子之间以书信方式进行的。绝望的役卒去信劝妻子改嫁，这肯定不是绝情，他不是还希望对方在改嫁之后时常想起自己吗，这是善良至极，也是深情至极！一个善良的人，心中充满爱的人，才会时时处处为对方考虑。妻子“君今出语一何鄙”的答复干脆而不留余地，显示其对丈夫毫不犹豫的坚守。役卒接下来的去信引歌谣为证，显得苦口婆心，入情入理，现实得有点冷峻；妻子的再次答复流露出无限的柔情，并表达至死不渝的忠贞。役卒的坚强与无奈，闺妇的忠贞与温柔，筑城吏的冷漠，都在对话里得到表现。另外，对话中间还有“长城何连连”以下四句抒情性穿插，对于揭示人物的内心世界起到了渲染的作用。

门有车马客行① 张华

门有车马客，问君何乡土？
捷步往相讯②，果是旧邻里。
语昔有故悲，论今无新喜。
清晨相访慰，日暮不能已③。
词端竞未究，忽唱分途始④。
前悲尚未弭⑤，后忧方复起。

【作者简介】 张华（232 年—300 年），字茂先，西晋范阳方城（今河北固安）人，政治家、文学家。由曹魏入西晋，坚决支持司马炎伐吴。晋惠帝继位，政权一度落入皇后贾南风手中，张华尽忠辅佐，有功于局势的安定。永康元年（300 年），赵王司马伦发动政变，张华被杀，享年六十九岁。张华工于诗赋，编纂了中国第一部博物学著作《博物志》。《隋书·经籍志》有《张华集》十卷，已佚，明人张溥辑有《张茂先集》一卷。现存诗三十余首，钟嵘《诗品》评价张华诗“儿女情多，风云气少”。

【注释】①门有车马客行：乐府旧题，唐吴兢《乐府古题要解》说：“皆言问讯其客，或得故旧乡里，或驾自京师，备叙市朝迁谢，亲戚雕丧之意也。”车马客：指贵客。②讯：问，打探消息。③访慰：拜访和问候。已：停止。④词端：指话头。竞：繁多。究：追问清楚。分途：分道。⑤弭：消除。

【评析】 此诗表达了一个客游他乡者见到同乡时的复杂心情。前六句为第一节，写游子初见同乡时的惊喜和初步了解到故乡人事后的心情。“捷步”二字透露出游子渴望得到故乡消息的心情，也可以想见，“果是旧邻里”的惊叹中流露出遇到同乡的欣喜若狂。“语昔有故悲，论今无新喜”，应该是指游子急切打探他最为关切的人事，岂料，车马客并未给他带来喜讯，却只有人事凋零的坏消息，自然让他有悲无喜。后六句为第二节，写游子次日早晨前去看望同乡，并继续打探故乡的消息。从清晨到日暮，写时间之长，可见游子有太多的关切。直到同乡再次上路，他仍有千言万语，一个“竞”字表现出话题之多。“前悲”是与同乡离别的悲伤，“后忧”是何时才能再遇同乡的忧虑。

悲哉行[①] 陆机

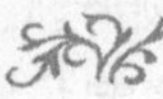

游客芳春林，春芳伤客心[②]。
和风飞清响，鲜云垂薄阴[③]。
蕙草饶淑气[④]，时鸟多好音。
翩翩鸣鸠羽，喈喈仓庚吟[⑤]。
幽兰盈通谷，长秀被高岑[⑥]。

女萝亦有托，蔓葛亦有寻⑦。
伤哉客游士，忧思一何深。
目感随气草，耳悲咏时禽⑧。
寤寐多远念，缅然若飞沉⑨。
愿托归风响，寄言遗所钦⑩。

【作者简介】 陆机（261 年—303 年），字士衡，西晋吴郡华亭（今上海松江）人。祖陆逊、父陆抗都是东吴名将。吴亡后曾隐居读书，后至洛阳，得到张华的赏识，荐其为祭酒。与潘岳、刘琨等事贵戚贾谧，后死于战乱。其诗文注重辞藻和排偶，开六朝文学繁褥之风。有《陆士衡集》，其《文赋》是中国古代文论中的重要作品。钟嵘《诗品》评其“才高辞赡，举体华美……尚规矩，不贵绮错，有伤直致之奇”。

【注释】 ①悲哉行：乐府旧题，宋郭茂倩《乐府诗集》引《歌录》说：“《悲哉行》，魏明帝造。”又引《乐府解题》说：“陆机云‘游客芳春林’，谢惠连云‘羁人感淑节’，皆言客游感物忧思而作也。”②春芳：春天的花草。③和风：温和的风。清响：清脆的响声。鲜云：轻云。④蕙草：香草名。饶：多。淑气：温和之气。⑤翩（piān）翩：鸟飞轻疾貌。鸠：斑鸠之类。喈（jiē）喈：鸟鸣声。仓庚：黄莺。⑥通谷：往来无阻的山谷。长秀：指茂盛的草木。高岑：高山。岑：山小而高曰岑。⑦女萝：即松萝，多附生于松树，呈丝状下垂。蔓葛：多年生草本植物，茎可编篮做绳，纤维可织布，块根肥大，称“葛根”，可制淀粉，亦可入药。⑧气草：随着节气出现的草。时禽：随节候出现的鸟。⑨寤寐：日夜。寤：醒时。寐：睡时。远念：对远方人和物的思念。缅然：遥远貌。飞沉：指鸟和鱼。⑩归风：吹向故乡的风。所钦：指崇敬的人。

【评析】 此诗表现客游者置身美好的春色，心中泛起对故乡的思念。诗是以乐景写哀情，景是由和风、轻云、蕙草、时鸟等构成的一幅烂漫的春光图，情则是游子思念故乡的忧思。春天的美景为什么会勾起游子的归思？这在古诗中并不少见，春天降临让羁旅者深切地感受到时光飞逝，他却一年又一年羁留异乡，思归之情自然会被激发出来。诗的开头两句“游客芳春林，春芳伤客心”奠定了诗的情感基调。接着铺排春景，其中，“女萝亦有托，蔓葛亦有寻”两句表面上是实写景物，实际上是以女萝、蔓葛有所依附来反衬游子漂泊不止。从“伤哉客游士”开始直接抒情，“目感随气草，耳悲咏时禽”，点出春景与诗人内在心绪之间的逻辑关联：一个为思念所折磨的人，美好的春光丝毫不能带来慰藉，反而是更加沉重的忧思。最后两句，希望拜托吹向故乡的风，带去自己的思念和问候。此举实属无奈，但也只能借此稍稍缓解思归之痛。

扶风歌[①] 刘琨

朝发广莫门，暮宿丹水山[②]。
左手弯繁弱，右手挥龙渊[③]。
顾瞻望宫阙，俯仰御飞轩[④]。
据鞍[⑤]长叹息，泪下如流泉。
系马长松下，发鞍高岳头[⑥]。
烈烈悲风起，泠泠涧水流[⑦]。
挥手长相谢[⑧]，哽咽不能言。
浮云为我结，归鸟为我旋[⑨]。
去家日已远，安知存与亡。
慷慨穷林中，抱膝独摧藏[⑩]。
麋鹿游我前，猿猴戏我侧。
资粮既乏尽，薇蕨[⑪]安可食。
揽辔命徒侣[⑫]，吟啸绝岩中。
君子道微矣，夫子故有穷[⑬]。

惟昔李骞期，寄在匈奴庭。
忠信反获罪，汉武不见明⑭。
我欲竟⑮ 此曲，此曲悲且长。
弃置勿重陈，重陈令心伤。

【作者简介】 刘琨（271 年—318 年），字越石，西晋中山魏昌（今河北无极县）人。年轻时即有壮志，与范阳祖逖同被共寝，闻鸡起舞，以雄豪著名。元康年间，为司隶从事，与外戚贾谧及陆机、潘岳等文人交游，号为“二十四友”。永兴元年（304 年），刘渊僭位汉王，东嬴公司马腾派将军聂玄讨伐，战败。司马腾惧刘渊，率并州二万余户下山东。永嘉元年（307 年），刘琨受命任并州刺史，后拜大将军，都督并、冀、幽三州军事，守卫北方边土。并州失陷，投奔幽州刺史段匹磾。后与段匹磾产生嫌隙，被段矫诏杀害。今存诗十余首。

【注释】 ①扶风歌：乐府旧题，《乐府诗集》收入《杂歌谣辞》。②广莫门：洛阳城北门。丹水山：今山西晋城县北的丹朱岭。③繁弱：良弓名。龙渊：宝剑名。④宫阙：指洛阳的皇宫。御：驾驭。飞轩：奔驰如飞的车子。⑤据鞍：跨着马鞍。⑥发鞍：卸下马鞍。高岳头：即高山顶。⑦烈烈：寒冷貌。泠泠：泉水流动发出的声音。⑧谢：辞别。⑨结：停留。旋：盘旋。⑩慷慨：情绪激昂。摧藏：悲痛。⑪薇蕨：野菜。⑫徒侣：指随行者。⑬“君子”、“夫子”二句：用孔子典故。《论语·卫灵公》载：“孔子在陈绝粮，徒者病，莫能兴。子路愠见曰：‘君子亦穷乎？’子曰：‘君子固穷，小人穷斯滥矣。’”微：衰落。⑭“惟昔”以下四句：《史记·李将军列传》，天汉二年，李陵率五千兵马出塞，与匈奴激战，力竭援绝，兵败被迫投降，可能试图等待机会立功报汉，但汉武帝不相信李陵有此忠诚，将其家属诛杀。愆期：指李陵逾期不归。⑮竟：结束。

【评析】 此诗写于赴任并州途中。此时，北方大片领土失控，京城洛阳局势也陷入混乱，世族大家纷纷南迁，刘琨却要北行赴任，心情自然沉重。作品主要描写沿途所历、所见、所感。本诗四句为一节，基本上每节换韵。第一节前两句写行军之迅急，后两句写立功之豪情。第二节写对京城的留恋，主要通过“顾瞻”和“叹息”及流泪等动作来表现的。第三、四节写行军途中的小憩，再次流露出依依不舍的心情。第五节感叹前途未卜。第六、七节写行军途中由眼前的困窘联想到人生的困窘。第八节流露忠信不被理解的隐忧。第九节是结尾，抒发心中的悲伤。全诗表达了诗人在特别境遇下复杂的感情，激越、凄怆、悲壮。正如钟嵘《诗品》评价刘琨：“善为凄戾之词，自有清拔之气。”

宛转歌[1]　刘妙容

月既明，西轩[2]琴复清。
寸心斗酒争芳夜[3]，千秋万岁同一情。
歌宛转[4]，宛转凄以哀。
愿为星与汉[5]，光影共徘徊。

【作者简介】　刘妙容，南朝吴均《续齐谐记》中的人物，未必实有其人。

【注释】　①宛转歌：《乐府诗集》录刘妙容《宛转歌》二首，而此二首出自吴均《续齐谐记》。《续齐谐记》载《宛转歌》系刘妙容亡后遇王敬伯时所作，显然不可信，应为王敬伯杜撰，或吴均作。《续齐谐记》载：“晋有王敬伯者，会稽余姚人。少好学，善鼓琴。年十八，仕于东官，为卫佐。休假还乡，过吴，维舟中渚。登亭望月，怅然有怀，乃倚琴歌《泫露》之诗。俄闻户外有嗟赏声，见一女子，雅有容色，谓敬伯曰：‘女郎悦君之琴，愿共抚之。’敬伯许焉。既而女郎至，姿质婉丽，绰有余态，从以二少女，一则向先至者。女郎乃抚琴挥弦，调韵哀雅，类今之登歌，曰：‘古所谓《楚明君》也，唯嵇叔夜能为此声，自兹已来，传习数人而已。’复鼓琴，歌《迟风》之词，因叹息久之。乃命大婢酌酒，小婢弹箜篌，作《宛转歌》。女郎脱头上金钗，扣琴弦而和之，意韵繁谐，歌凡八曲。敬伯唯忆二曲。将去，留锦卧具、绣香囊，并佩一双，以遗敬伯。敬伯报以牙火笼、玉琴轸。女郎怅然不忍别，且曰：‘深闺独处，十有六年矣。邂逅旅馆，尽平生之志，盖冥契，非人事也。’言竟便去。敬伯船至虎牢戍，吴令刘惠明者，有爱女早世，舟中亡卧具，于敬伯船获焉。敬伯具以告，果于帐中得火笼、琴轸。女郎名妙容，字雅华，大婢名春条，年二十许，小婢名桃枝，年十五，皆善弹箜篌及《宛转歌》，相继俱卒。”原诗二首，此选其一。另一首是：悲且伤，参差泪成行。低红掩翠方无色，金徽玉轸为谁锵。歌宛转，宛转情复悲。愿为烟与雾，氛氲对容姿。②轩：有窗的长廊或小屋。③寸心：微小的心意。斗酒：一杯酒。斗：酒杯。争：力图获得。芳夜：美好的夜晚。④宛转：抑扬动听。⑤星与汉：指银河。

【评析】 此诗表达一个女子对男子的爱恋和对永恒爱情的渴望。结合此诗背后的相关本事，读者可以想象这样一个情景：月上东山，月光透过轩窗洒在古琴上，一双纤细的手在琴上轻轻地抚动。仔细看去，一个曼妙的女子坐在琴旁，微风拂动她的长发和裙袂，飘飘欲仙。侧耳倾听，女子和着琴声轻轻吟唱着，婉转的音调里透出一丝凄楚。她在唱什么呢？——“寸心斗酒争芳夜，千秋万岁同一情。”哦，她希望与自己心仪的男子共享这美好的夜晚，她还渴望与心仪的男子永远相爱。“愿为星与汉，光影共徘徊。”她希望与心仪的男子，伴着这无垠的星光，永远地厮守。此诗三言、五言、七言句交替使用，篇幅虽短，但节奏铿锵，富于变化。

休洸红[1] 晋乐府辞

休洗红，洗多红在水[2]。
新红裁作衣，旧红翻作里[3]。
回黄转绿[4]无定期，世事反复君所知。

【注释】①休洗红：古乐府名，但宋郭茂倩《乐府诗集》不载。休：不要。红：指红色的绸布。②洗多红在水：指红色的衣料洗过之后，脱色染红了水。③新红：指新的衣料。旧红：指旧衣。里：衣服的里层。④回黄转绿：指衣料的颜色可以变黄可以变绿。

【评析】此诗由洗衣起兴，借衣服颜色的变化，引出人生变化无常的感叹。既富有生活气息又富含人生哲理。语言口语化，朗朗上口。

猛虎行[1] 谢惠连

贫不攻九嶷玉，倦不憩三危峰[2]。
九嶷有惑号，三危无安容[3]。
美物标贵用，志士励奇踪[4]。
如何祗远役，王命宜肃恭[5]。
伐鼓功未著，振旅何时从[6]？

【作者简介】谢惠连(407年—433年)，南朝宋陈郡阳夏(今河南太康)

人。十岁能文，深得族兄谢灵运的赏识。本州辟主簿，不就。行止轻薄不检，为时论所非。曾任司徒彭城王刘义康法曹行参军。以《雪赋》著名。

【注释】①猛虎行：乐府旧题，宋郭茂倩《乐府诗集》列入《相和歌辞》，解题引古辞曰："饥不从猛虎食，暮不从野雀栖。野雀安无巢，游子为谁骄。"又引魏明帝辞曰："双桐生空枝，枝叶自相加。通泉溉其根，玄雨润其柯。"《乐府解题》曰："晋陆机云'渴不饮盗泉水'，言从远役，犹耿介，不以艰险改节也。又有《双桐生空井》，亦出于此。"可见，《猛虎行》的主旨是指有德之人虽身处困厄之境，也不愿改变节操，用不合道义的手段改变生活处境。谢惠连《猛虎行》有二首，此为其一。另一首是："猛虎潜深山，长啸自生风。人谓客行乐，客行苦心伤。"②贫不攻九嶷玉：意即九嶷虽有玉，再贫困也不愿去那里采玉，因为那是圣人舜长眠的地方。九嶷：即九疑山，在湖南宁远县南。《山海经·海内经》："南方苍梧之丘，苍梧之渊，其中有九嶷山，舜之所葬，在长沙零陵界中。"《史记·五帝本纪》："(舜)葬于江南九疑，是为零陵。"攻：指加工玉石。倦不憩三危峰：意思与志士不饮盗泉之水相同，即使再累也不愿意栖息于三危山，因为那里是共工等罪臣流放的地方。三危：三危山，传说中的仙山。《山海经·西山经》载："三危之山，三青鸟居之。"又《书·禹贡》："三危既宅"。孔传云："三危为西裔之山也。"又《孟子·万章上》："舜流共工于幽州，放驩兜于崇山，杀三苗于三危，殛鲧于羽山，四罪而天下咸服，诛不仁也。"关于三危的位置，说法不一。一说即今甘肃敦煌三危山；一说在甘肃岷山之西南；一说在云南。③惑号：指猩猩等动物发出的惊悚叫声。安容：平静安详的姿态。④"美物"、"志士"二句：意即美物之所以是美物是以其独特功能见长，志士之所以是志士就是要通过特立独行以磨励自己。⑤祗：恭敬。王命：帝王的命令。肃恭：端正恭敬。⑥伐鼓：击鼓进军。著：显扬。振旅：指整顿部队。

【评析】 此诗写行役之人诫免自己认真履行王命。诗的前六句以攻玉和栖息起兴，引出诗人对自己的勉励，即志士面对艰苦的环境不能逃避，而是以此磨砺自己。下四句告诫自己恭敬对待王命，并表达立功的信心和愿望。

拟行路难九首[①]（选五首） 鲍照

其一

奉君金卮之美酒[②]，瑇瑁玉匣之雕琴[③]，
七彩芙蓉之羽帐[④]，九华蒲萄之锦衾[⑤]。
红颜零落岁将暮，寒光宛转时欲沉[⑥]。
愿君裁悲且减思，听我抵节行路吟[⑦]。
不见柏梁铜雀上，宁闻古时清吹音[⑧]。

【作者简介】鲍照（414 年—466 年），字明远，南朝宋东海（今山东郯城）人。鲍照因出身寒微，受到当时门阀制度的压抑，颇不得志。曾任临海王萧子顼的前军参军，故世称鲍参军。后萧子顼叛乱，鲍照死于乱军。现有《鲍参军集》，钟嵘《诗品》论其诗“贵巧似，不避危仄”。

【注释】①行路难：乐府旧题，内容多写世路艰难和离别悲伤之意。宋郭茂倩《乐府诗集》引《乐府解题》云：“《行路难》，备言世路艰难及离别悲伤之意，多以‘君不见’为首。”②奉：恭敬地用手捧着。卮（zhī）：同“巵”，盛酒的杯子。③瑇瑁（dài mào）：也写作“玳瑁”，海龟科，背甲共有十三块，作覆瓦状排列，古人取下做装饰品。雕琴：雕有花纹的琴。④七彩芙蓉：羽帐上的花饰。羽帐：用翠鸟的羽毛装饰的帐子。⑤九华蒲萄：指锦衾上的花纹。锦衾：锦缎被子。⑥红颜：美丽的容貌。宛转：指光阴流逝。沉：流逝。⑦裁悲：减少悲伤。减思：减去忧思。抵节：击节。行路吟：指歌唱

《行路难》。⑧柏梁：即柏梁台，汉武帝时筑，位于长安，并在其上宴饮群臣并赋诗。铜雀：即铜雀台，曹操所建，位于邺城（今河北临漳县西南）。宁：难道。清吹：指管乐。

【评析】 此诗是鲍照组诗《拟行路难》十八首的第一首，表达了作者的苦闷情怀。首句开端以“奉”字引出一系列华美的事物，即金樽、美酒、玉琴、羽帐、锦衾等等，极力铺陈种种物质诱惑。岂料，诗人接着点明红颜零落、时光流逝的残酷事实。巨大的落差创造出强大的冲击力，足以惊醒沉浸在享乐中的人，一切美好的东西都经不住时间的消磨。然而诗人劝人不要因此而悲伤，来听其击节歌唱。最后两句引两个历史典故来安慰别人也是安慰自己——柏梁台、铜雀台上昔日的歌舞繁华不也是消失在茫茫的历史烟尘，一片凄清？由盛转衰真是历史的宿命啊！我辈又何必为此而悲伤！作品的华美语言与低沉情绪之间形成极大的反差，风格独特。七言歌行到了鲍照手里才真正发挥出起伏跌宕、收放自如的特点，呈现出酣畅流利的风格。

其二

璇闺玉墀上椒阁，文窗绣户垂罗幕①。
中有一人字金兰，被服纤罗采芳藿②。
春燕差池风散梅，开帏对景弄春爵③。
含歌揽涕恒抱愁④，人生几时得为乐。
宁作野中之双凫，不愿云间之别鹤⑤。

【注释】 ①璇闺：以玉石装饰的闺门。璇：美玉。玉墀（chí）：用玉石砌成的台阶。墀：台阶。椒阁：用香椒涂抹墙壁的房间。文窗：雕有花纹的窗。绣户：装饰华美的门。罗幕：用绮罗制作的帷幕。②被服：穿着。纤罗：细薄透气的丝织品。藿：藿香，一种有香味的植物。③差池：失误，疏忽。

散：吹落。开帏：拉开帏幕。景：指春天的景色。弄春爵：或作“弄禽雀”，逗弄鸟雀。弄：逗弄。④含歌：歌声含而不发。揽涕：收住眼泪。⑤凫（fú）：野鸭。别鹤：失去配偶的孤鹤。

【评析】 此诗描写一个高贵女子的孤寂以及力图挣脱禁锢的心理过程。作品开头着墨于女子的居处环境和装束的华美，暗示其身份的高贵。接着聚焦于女子的两个极富有意味的动作：其一，采芳藿。在中国古代诗歌中，采摘香花香草往往喻指追求爱情，所以这个动作泄露了女子渴望爱情的心理。其二，弄禽雀。这个动作泄露了她内心的寂寞无聊。至此，这个女子的轮廓在读者的心目中变得清晰起来，她身份高贵，但内心寂寞。而且，这两个动作不仅泄露了女子的心思，还凸显出春天这个时间。这是春光撩人的季节，身居重闱中的女子再也按捺不住了，情不自禁地打开窗户，去拥抱“春燕差池风散梅”的明媚春光。接下来的四句表现了女子内心的挣扎，冲破禁锢的强烈愿望。“人生几时得为乐”的反问是对物质生活优裕而情感生活匮乏的人生的反思和怀疑。最终，她发出了“宁作野中之双凫，不愿人间之别鹤”的呐喊，石破天惊。云间之鹤虽然高贵，却要忍受无尽的孤单，野中双凫虽然平凡，却不乏相依相偎的幸福。此语一出，全诗戛然而止，但是，留给读者的回味，犹如惊雷之后的回响，袅袅不绝。需要指出的是，鲍照所处的时代，山水是文人最重要的审美对象，他以女性为表现对象的诗作肯定得不到应有的好评，反而被贬为“险俗”，殊不知，这些女性形象正是怀才不遇的诗人的写照。

其三

泻水①置平地，各自东西南北流。
人生亦有命，安能行叹复坐愁。
酌酒以自宽，举杯断绝②歌路难。

心非木石岂无感，吞声踯躅不敢言③。

【注释】 ①泻水：倒水。泻：倾倒。②断绝：指歌声因举杯而断绝。③吞声：欲言又止。踯躅（zhí zhú）：徘徊不前。

【评析】 此诗直抒胸臆，表达了对命运不公的愤激和抗争。水一旦倾倒在平地上，便被动地流向东南西北；人从呱呱坠地的那一刻起，便已分出贵贱。前者是一个再熟悉不过的自然现象，后者是一个再熟悉不过的社会现象。前者引出后者，二者又构成隐喻。这是歌行开头常用的起兴手法。人生有命，尽管是一个不公正的现象，但是诗人似乎是认命了。尽管这不太容易做到，他还是试图通过饮酒、唱歌来宽慰自己。于是，诗人的内心由开头的狂躁至此似乎变得平静，岂料，波澜再起，诗人发出“心非木石岂无感”的反诘，将此前的自我宽慰彻底掀翻，压抑在内心的不平之气又暴露出来。此时，读者以为诗人就要爆发，就要控诉，他却将一肚子的不平之气又咽了回去。“不敢”二字道出诗人受到的压制，更彰显其愤激的深沉。看来，“人生亦有命”只是愤激之语，口头上的认命掩盖不了心底的挣扎。诗中的情感表达一扬一抑，再扬再抑，充分表现了诗人力图压抑却又无法压抑的愤懑之情，这种愤懑之情源于诗人对其怀才不遇命运的不甘心、不屈服。

其四

对案①不能食，拔剑击柱长叹息。
丈夫生世会几时，安能蹀躞垂羽翼②。
弃置③罢官去，还家自休息。
朝出与亲辞，暮还在亲侧。
弄儿床前戏④，看妇机中织。
自古圣贤尽贫贱，何况我辈孤且直⑤。

【注释】 ①案：摆放食器的几案。②会：或作“能”。几时：多少时间。蹀躞（dié xiè）：小步行走。垂羽翼：垂下羽翼不再飞翔，喻低头屈服。③弃置：放弃。④弄儿：逗小孩儿。戏：玩耍。⑤孤且直：出身孤寒，禀性正直。

【评析】 此诗抒发了诗人怀才不遇的苦闷与愤激。诗的开头描绘出一个苦闷者的形象：对案不食、拔剑击柱、哀声长叹。此形象劈空而出，颇具冲击力。接着两句道出了苦闷的缘由——人生短促与官场失意之间的落差、建功立业与维护尊严的矛盾。人生短促，本应该尽早建功立业，但想要有所作为，就必须放弃尊严，低下头颅，屈身侍人。结果，诗人为了尊严，不得不放弃功业理想。“弃置罢官去”以下六句描绘了诗人沉浸于亲情的一组画面。支撑人的价值观多种多样，建立功业是一种，侍亲弄儿也是一种。显然，选择后者，放弃前者，是舍而求其次，出于万般无奈。读者可以想象，侍亲弄儿的诗人，脸上真的挂着满足？未必！也许其眼里充满游移的神情，显得有些心不在焉。最后两句点明造成诗人个体际遇的原因，并引古人为同道以安慰自己。所谓“孤”指出身寒门庶族，这是诗人个体怀才不遇的现实社会根源。“自古圣贤皆贫贱”将个体的遭遇上升至群体的层面，从而具有洞穿历史的力量。

其五

君不见柏梁台，今日丘墟生草莱①。
君不见阿房宫，寒云泽雉栖其中②。
歌妓舞女今谁在？高坟垒垒满山隅③。
长袖纷纷徒竞世④，非我昔时千金躯。
随酒逐乐任意去，莫令含叹下黄垆⑤。

【注释】 ①丘墟：废墟，荒地。草莱：杂生的草。②阿房宫：秦始皇时宫殿。雉：野鸡。③垒垒：重叠貌。隅：角落。④竞世：竞奔于世。⑤含叹下黄垆：刘义庆《世说新语·伤逝》载："（王戎）乘轺车经黄公酒垆下过，顾谓后车客曰：'吾昔与嵇叔夜、阮嗣宗共酣饮于此垆，……自嵇生夭，阮公亡以来，便为时所羁绁。今日视此虽近，邈若山河。'"黄垆：即黄公酒垆。

【评析】 此诗由盛衰之叹引出及时行乐。作品先采用对比手法，紧紧围绕着盛衰更迭的主旨历数一系列现象，表明繁华终将逝去，不可阻挡。柏梁台、阿房宫，曾经都是一代帝王功业的象征，如今杂草丛生，野鸡栖息。昔日多么繁华，今天何其凄清！物犹如此，人何以堪！当初的歌妓舞女如今又在哪里？垒垒高坟是她们的归宿；昔日的穷妍极态已经变成一具具枯骨。作品对柏梁台、阿房宫的荒废，歌妓舞女的消逝的描写，让人感到触目惊心，也有力地说明秦皇汉武曾建立的一代功业也随着时间的流逝灰飞烟灭。鉴于此，功业、权势之类，有什么价值？哪里值得留恋！最后，诗人劝慰自己，要及时行乐，不要等到死后因为悔恨而叹息。诗人以消极的人生价值观否定进取的人生价值观，其实也是愤激的话。他不是不想进取，而是不能进取，借此批判了阻碍其实现人生理想的社会不公正因素。

巫山高[①] 王融

想象巫山高，薄暮阳台曲[②]。
烟霞乍舒卷，猿鸟时断续。
彼美如可期，寤言纷在瞩[③]。
怃然坐相思，秋风下庭绿[④]。

【作者简介】 王融（468 年—494 年），字元长，南朝齐琅邪临沂（今属山东东南沿海一带）人。初举秀才，官至中书郎等。以文学游于竟陵王萧子良门下，与沈约等同为“竟陵八友”。竟陵王任命其为宁朔将军、军主。齐武帝病重，王融欲矫诏拥立萧子良即位，结果萧子良与郁林王萧昭业争夺帝位失败，王融被赐死。明人辑有《王宁朔集》。

【注释】 ①巫山高：为汉鼓吹铙歌十八曲之一，历代有多家诗人以此命题为诗，都未离开宋玉《高唐赋》、《神女赋》的义旨。②“巫山”、“阳台”二句：宋玉《高唐赋》云：“妾在巫山之阳，高丘之阻，旦为朝云，暮为行雨。朝朝暮暮，阳台之下。”后来以二者指男女欢爱之所。③寤：醒时。言：语气助词，无义。纷：指衣服的飘带。瞩：注视。④怃然：怅然若失的样子。下：吹落。庭绿：庭中树木的绿叶。

【评析】 此诗表现巫山神女的美及诗人的向往之情。诗人没到过巫山，而是以“想象”二字引出四句关于巫山的描写，先点明地点，即巫山之高、阳台之曲，时间，即薄暮，然后是对巫山景色的描绘，营造出一种梦幻般的神秘美。这些都紧扣着宋玉《高唐赋》中的有关描写。接着两句既表达对神女的向往，同时流露出怀疑和失落的情绪——如果神女可期，则不仅可以相遇于梦，梦醒之后，其飘飘欲仙的美丽也应该历历在目吧。言外之意，神女大概只能在梦中相遇，现实中并不可求。最后两句是此诗最精彩的一笔：就在诗人怅然若失之际，一阵秋风忽然吹来，惊落庭中树上的绿叶，诗人也许产生了神女飘然而至的错觉吧。诗至此戛然而止，给人无限的遐想。

蒲生行① 谢朓

蒲生广湖边，托身洪波侧。

春露惠我泽，秋霜缛②我色。
根叶从风浪，常恐不永植③。
摄生各有命，岂云智与力④。
安得游云上，与尔同羽翼⑤。

【作者简介】 谢朓（464年—499年），字玄晖，南朝齐陈郡阳夏（今河南太康县）人。出身世族，与谢灵运并称“大小谢”。初任豫章王太尉行参军，曾入竟陵王萧子良幕，颇得赏识，为“竟陵八友”之一。曾出任宣城太守，后人称其谢宣城。因告发岳父王敬则谋反，举为尚书吏部郎。后被诬死于狱中。现存诗二百多首，擅长山水诗。明人辑有《谢宣城集》。

【注释】 ①蒲生行：又称“塘上行”，乐府曲名。宋郭茂倩《乐府诗集》有曹操《塘上行》五解和本辞一曲，因首句为“蒲生我池中”，故又称“蒲生行”。蒲：多年水生草本植物，叶细长而尖，可编席、制扇。②缛（rù）：繁多，此指颜色变暗。③植：同“置”，安放。④摄生：保持生命。智与力：智慧和力量。⑤同羽翼：意即一起高飞。

【评析】 此为咏物诗，以蒲的口吻表达对动荡生活的厌倦和对安定生活的向往。作品紧扣蒲的生存环境来揣摩其心理，蒲生于水岸边，最大的威胁是风浪，一旦被风浪连根拔起，便只能随波逐流，永远找不到归宿。但是，它又只能天天与风浪为伴，不得不忍受沉重的心理压力，可见生存环境之险恶。的确，对自己的生存环境，蒲无法选择，它只能将痛苦归结于命运，完全放弃了抗争的念头。最后“安得游云上，与尔同羽翼”的愿望，只能是安慰自己的幻想。咏物诗有两类：一类纯粹描写物的特征、功用等，一类借咏物寄托诗人的情怀。此诗显然属于后者。蒲的感叹其实是诗人身处无法以“智与力”改变命运的社会环境里，经无数次努力抗争失败后沉痛而绝望的叹息。

河中之水歌[1] 梁武帝萧衍

河中之水向东流，洛阳女儿名莫愁[2]。
莫愁十三能织绮，十四采桑南陌头[3]。
十五嫁于卢家妇，十六生儿字阿侯。
卢家兰室桂为梁，中有郁金苏合香[4]。
头上金钗十二行，足下丝履五文章[5]。
珊瑚挂镜烂生光，平头奴子擎履箱[6]。
人生富贵何所望，恨不嫁与东家王[7]。

【作者简介】 萧衍（464年—549年），字叔达，南朝南兰陵中都里人（今江苏武进西北），出生于秣陵（现江苏南京），父亲萧顺之是齐高帝的族弟。原为南齐官员，南齐中兴二年（502年），齐和帝被迫禅位于萧衍，建国号为梁，在位时间长达四十八年。“侯景之乱”爆发，京城被围并最终被攻破，其饿死于台城，谥武帝。

【注释】①河中之水歌：这是以首句前四字为题。②河：黄河。莫愁：清商曲中有《莫愁乐》,《旧唐书·音乐志》谓莫愁是石城（今湖北钟祥县）人，此诗则说是洛阳人，后来成为美女的泛称。③绮：有花纹的丝织品。南陌：南边小路。④兰室：古代女子居室的美称。桂为梁：形容居室华贵芳香。桂：即桂树。梁：即屋梁。郁金：名贵的香料，出古大秦国（古罗马帝国）。苏合：名贵的香料，出古大食国（古波斯国）。⑤丝履：丝织品制成的鞋。五文章：五色花纹。⑥挂镜：古代镜子常挂于壁上，故称。平头奴子：不戴冠巾的奴仆。擎：一作“提”。履箱：不详何物。⑦望：埋怨。东家王：指东邻姓王的人。或即为王昌，《襄阳耆旧传》载：“王昌字公伯，为东平相散骑，早卒。

妇任城王曹子文女。”

【评析】 此诗写一个叫莫愁的女子所嫁非所愿的遗憾。作品对于汉代乐府的技法运用十分纯熟。此诗先采用起兴，黄河流经洛阳附近，所以，以黄河之水向东流引出洛阳女子莫愁。另外，河水东流又是一个时间流逝的意象，常用于表达闺中女子感叹红颜衰老，于此也暗示作品将要表现的是女子的闺情。接着采用赋法，写莫愁的人生经历。然后采用铺陈的方法，通过居处环境、穿着等极写其高贵。最后两句突然一转，点出莫愁的所嫁非所愿的幽怨，并以其作结。读者于此，便会对莫愁这个贵妇物质方面富足与情感方面空虚之间的巨大落差，生出无尽的喟叹。莫愁或卢家少妇后来成为乐府中的通称，常用来指闺中少妇。

绍古歌[①] 梁武帝萧衍

东飞伯劳西飞燕，黄姑织女时相见[②]。
谁家女儿对门居，开颜发艳照里闾[③]。
南窗北牖挂明光，罗帷绮箔脂粉香[④]。
女儿年几十五六，窈窕无双颜如玉[⑤]。
三春已暮花从风，空留可怜与谁同[⑥]。

【注释】 ①绍古歌：此诗又以首句称为“东飞伯劳歌”。②“东飞”句：指伯劳和燕子都不是结伴飞翔。伯劳：又名鵙或鴃，额部和头部的两旁黑色，颈部蓝灰色，背部棕红色，有黑色波状横纹，独居，善鸣。“黄姑”句：相传牵牛星和织女星每年农历七月七日鹊桥相会一次。黄姑：即牵牛星。③开颜：露出微笑。发艳：显示出艳丽的容貌。里闾：乡里。④南窗北牖：偏指南窗，阳光从南窗照入而不是北窗。牖：窗户。明光：日光。罗帷：丝织的帷幔。绮箔：帷幔。⑤窈窕：美好貌。⑥三春：孟春、仲春、季春。可怜：可爱。同：陪伴。

【评析】 这是一首宫体诗，“宫体”之名源自梁简文帝萧纲，他曾说：“余七岁有诗癖，长而不倦。然伤于轻艳，当时号为宫体。”实际上，其父亲萧衍已经开始创作宫体诗，当时的很多文人也创作宫体诗。所谓宫体诗主要是以宫中的女性、女性生活用品及女性生活环境为主要题材，风格艳丽，实际上就是一种特殊的咏物诗。此诗首二句采用起兴的手法，以燕子、伯劳等的孤单，牵牛织女的分离暗示女子的孤寂。接着六句正面描写女子的美丽，描写时只抓住早晨女子对窗梳妆的情景。最后两句点出女子内心世界，也照应了开头的起兴——美好的春天就要随着落花逝去，我尽管拥有美丽的容颜，可又有谁欣赏，又有谁来陪伴？此诗毕竟是乐府，与萧纲等人的宫体诗相比，还是多了一些古朴，少了一些雕饰。

从军行[①] 萧子显

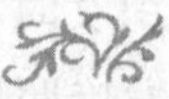

左校名王侵汉边，轻薄良家恶少年[②]。
纵横向沮泽，凌厉取山田[③]。
黄尘不见影，飞蓬[④]恒满天。
边功封浞野，窃宠劫祁连[⑤]。
春风春月将进酒，夭姬舞女乱君前[⑥]。

【作者简介】 萧子显（487年—537年），字景阳，南朝梁南兰陵（今江苏常州）人。南齐宗室，七岁封宁都县侯。入梁后除黄门郎兼侍中、国子祭酒，迁吏部尚书，出为吴兴太守，旋卒，享年四十九。著有《南齐书》等。

【注释】 ①从军行：汉乐府名，属《相和歌辞》，多写边塞生活，据

《乐府广题》，现存最早的歌辞为三国魏左延年所作，唐吴兢《乐府古题要解》卷下称《从军行》“皆述军旅苦辛之词”。②左校：汉代军队曾设左校尉一职，此指匈奴的左路军马。名王：或作明王，指君主。汉边：汉朝边境。轻薄：卑贱、低微。③沮泽：水草丛生的沼泽地带。凌厉：气势猛烈。④飞蓬：枯萎后随风飞旋的蓬草。⑤边功：守卫、开拓及治理边疆等立下的功勋。封：指赏赐土地。沃野：富饶的土地。沃：富足。窃宠：指获得君王的宠爱。祁连：即祁连山，暗用汉代霍去病典，汉武帝元狩二年（前121年），霍去病在祁连山北麓大破匈奴，从此汉代变守势为攻势，霍去病死后其坟墓也修成祁连山形状。⑥将进酒：乐府《铙歌十八曲》之一，宋郭茂倩《乐府诗集》收入《鼓吹曲辞》并解题云：“古词曰：‘将进酒，乘大白。’大略以饮酒放歌为言。”夭姬舞女：美丽的歌女舞女。夭：美丽。姬：古代对女子的美称。乱：此指歌舞的热烈。

【评析】 这是一首边塞诗，写边疆形势紧张之际，少年英雄赴边征战及凯旋后的欢庆。诗的开头从边塞情势之紧急切入，并立即带出勇赴战场的少年英雄。第二、三句写少年英雄驰骋疆场的身姿。第五、六句写战场环境之恶劣。第七、八句写军功之显著。第九、十句写庆功之热烈。需要指出的是，尽管梁朝的边境未及北方大漠，但整个南朝时期的边塞诗往往根据边塞诗的传统描写北方大漠。由此诗基本可以见出后来边塞诗包括唐代边塞诗的主要内容。

悲落叶 萧综

悲落叶，联翩下重叠[1]。
重叠落且飞，从横去不归。
长枝交荫昔何密，黄鸟关关动相失[2]。

夕蕊杂凝露，朝花翻乱日③。
乱春日，起春风，春风春日此时同。
一霜两霜犹可当，五晨六旦飒已黄④。
乍逐惊风举，高下任飘飏⑤。
悲落叶，落叶何时还 。
夙昔共根本，无复一相关。
各随灰土去，高枝难重攀。

【作者简介】 萧综（480 年—528 年?），字世谦，梁武帝第二子，封豫章王。梁普通四年（523 年）为南兖州刺史，镇彭城，奔魏，历司徒太尉，尚寿阳公主。萧综母吴淑媛原为齐东昏侯萧宝卷的宫人，萧衍灭齐，将吴氏收入后宫，封为淑媛。七个月后，诞下萧综。于是，出现了萧综为东昏侯萧宝卷遗腹子的流言，但梁武帝根本不相信流言。萧综成人后，得知流言，对其作为梁武帝次子的出身产生怀疑，觉得不受梁武帝的重视及宠爱，感到郁郁不得志，并出逃北魏，或被杀或出家，史载不一。

【注释】 ①联翩：形容连续不断。②关关：鸟鸣声。③乱日：绚烂的日子。乱：绚烂。④飒：凋落。⑤乍：突然。飘飏：即飘扬。

【评析】《梁史》载："综既不得志，尝作《听钟鸣》、《悲落叶》辞，以申其志。"诗人感叹树叶繁荣一时，最终随风飘落，化为尘土，实际上是以落叶喻人事，感叹人生的无常，世事的盛衰。从"悲落叶"至"高下任飘飏"为第一节。以"悲"字引出一幅落叶纷飞的画面，营造出悲凉的气氛，不但切题，还奠定了全诗的感情基调。接着一再交替着描绘叶于春日的绚烂和在秋日的凋零，制造出盛衰更迭之频繁而迅速的感觉，并将感伤的情调渲染得越发浓重。从"悲落叶"至"高枝难重樊"为第二节。这里不再像前一节那样进行描写，而是直接抒发感慨，感叹落叶与曾经息息相关的树枝现已毫不相干，再也回不到曾经栖息的树枝，并最终归为尘土，流露出绝望的情绪。此诗交错采用三、五、七句式，并运用反复、顶针等修辞，节奏时快时慢，或断或续，如哭泣一般，哀婉动人。

江南曲① 柳恽

汀洲采白苹②，日落江南春。
洞庭有归客，潇湘逢故人③。
故人何不返？春花复应晚。
不道新知④乐，只言行路远。

【作者简介】 柳恽（465年—517年），字文畅，祖籍河东解州（今山西运城）。南朝梁著名诗人、音乐家、棋手。齐时，深受竟陵王萧子良的赏识，历太子洗马等职。萧衍起兵攻打建康（今南京），恽主动投诚，并请求保护图籍、宽待百姓。入梁后，与沈约共定新律，并历任侍中、散骑常侍、左民尚书及吴兴太守、广州刺史等职。有《柳吴兴集》十二卷，已佚，今存诗十八首，诗风清新秀美。

【注释】 ①江南曲：古乐府名，宋郭茂倩《乐府诗集》收入《相和歌辞》，也称《江南可采莲》，古辞采用白描手法写江南采莲的情景。唐吴兢《乐府解题》曰："江南古辞，盖美芳晨丽景，嬉游得时。"②汀洲：水中小洲。白苹：水生草本植物。③潇湘：潇水和湘水。归客、故人：指从洞庭回来认识女子丈夫的熟人。④新知：即新欢。

【评析】 此诗表现闺妇在特定时候的复杂心理：她思念的丈夫没有回来，一个春日的傍晚，她遇到一个从外地归来且认识丈夫的人，于是，思念、猜测以及抱怨，种种情绪涌上心头。作品首二句既是起兴，又交待时间、地点。"汀洲采白苹"表面上是实写思妇的动作，实际上暗含其相思的情感，因为采摘花草在古诗中一直是追求爱情的意象，常用于爱情诗的开头。接着两句是写思妇与归客的相遇，他从洞庭湖归来，在潇湘一带遇到过她的丈夫。按照常理，思妇与这个归客相遇的那一刻，应该是多么兴奋。但是，接下来的两句，没有表现她的兴奋，而是突然转向思妇的内心独白：别人都回来了，你为什么还不回来呢？在这个暮春时节，春花眼看着又要凋零，我的容颜也像那春花一样，日渐凋零啊！也许洞庭归客察觉到了思妇的心思，便有所安慰。最后两句是思妇对洞庭归客安慰之言的反应，显然，她心底里不认可路途遥远的理由，而是猜测丈夫可能是另有所爱而将她忘在了脑后。此诗短短五言八句将一个闺妇在特定场合的复杂心理过程充分表现出来了。此诗与吴筠《小垂手》、梁简文帝《夜曲》被视为五言律诗的滥觞。

乌栖曲[①] 陈后主陈叔宝

陌上新花历乱生[②]，叶里啼鸟送春情[③]。
长安游侠无数伴，白马骊珂路中满[④]。

【作者简介】 陈叔宝（553年—604年），南朝陈最后一位皇帝，在位七年。生于深宫中，长于妇人手，即位后寄情文酒，与妃嫔、文臣游宴，制作艳词，荒废朝政。隋灭陈，被俘，后病死洛阳。有集三十九卷，现存诗九十多首，多以女性为表现对象，描写细腻生动，风格绮丽。

【注释】 ①乌栖曲：宋郭茂倩《乐府诗集》收入《清商曲辞》，梁陈以来以此为题的诗作多写男女之情。②陌：田间道路。历乱：烂漫。③春情：春日萌动的情欲，暗喻男女之情。④骊：纯黑色的马。珂：马笼头的装饰。

【评析】 此诗写男女之情，但自始至终都没有明说。诗以烂漫的春景起兴，“新花”、“啼鸟”都会让人春心摇荡。“春情”二字，一语双关，表面上指鸟在春季萌动的情欲，也暗指男女之间的爱恋。然后写长安的人文景象，诗句中只提及游侠，但伴随游侠的自然是美丽的女子。这两句实际上描绘出一幅男男女女结伴而行的游春图。

陇头水[①] 张正见

陇头流水急，水急行难渡。
半入隗嚣营，傍侵酒泉路[②]。
心交赐宝刀，小妇成纨袴[③]。
欲知别家久，戎衣[④]今已故。

【作者简介】 张正见（？—575年？），字见赜，清河东武城（今山东武城）人。梁陈时期诗人。十三岁献赋东宫，得到太子萧纲的赏识，任邵陵王国左常侍、通直散骑侍郎、彭泽令等。梁末乱中，避匡俗山。陈武帝受禅，受召为镇东鄱阳王墨曹，官至通直散骑侍郎。太建中卒，享年四十九。尤其擅长五言诗，其作曾大行于世，现存近百首。

【注释】 ①陇头水：宋郭茂倩《乐府解题》收入《汉横吹曲》，并引《通典》说：“天水郡有大阪，名曰陇坻，亦曰陇山，即汉陇关也。”又引《三秦记》说：“其阪九回，上者七日乃越，上有清水四注下，所谓陇头水也。”唐李吉甫《元和郡县志》说：“小陇山，一名陇坻，又名分水岭……陇上有水，东西分流，因号驿为分水驿。行人歌曰：‘陇头流水，鸣声幽咽，遥望秦川，肝肠断绝。’”以此为题的作品往往写征戍之苦。陇头：此指边塞。②隗嚣：天水成纪（今甘肃秦安）人，出身陇右大族，西汉末一度建立割剧政权。酒泉：地名，位于今甘肃境内。③心交：交心。小妇：年轻妇女自称。

成：缝制完成。纨袴：细绢制的裤，古代贵族子弟所服。④戎衣：战袍。

【评析】　这是一首边塞诗。诗的前半部分以陇头的急流起兴，引出征人的军事生活。后半部分转入情感的抒发，将驰骋边塞的豪情和对故乡和亲人的思念对举。宝刀代表豪情，纨袴代表柔情，以宝刀相赐的豪情终难抵消闺中小妇为其缝制衣物的千般柔情。再看看身上的战袍已经破旧，征人便越发想念家乡，思念亲人。

杨白华　拓跋后胡氏

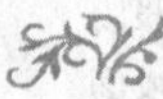

阳春二三月，杨柳齐作花。
春风一夜入闺闼①，杨花飘荡落谁家？
含情出户脚无力，拾得杨花泪沾臆②。
秋去春还双燕飞，愿衔杨花入窠③里。

【作者简介】　拓跋后胡氏（？—528年），原名胡充华，北魏宣武帝皇后。自小受过良好教育，一度出家为尼，因美貌和口才受召入宫，后生下一子并被立为太子。宣武帝去世，胡充华以太后身份垂帘听政，执政期间大肆崇佛，喜爱宴游赋诗，其荒淫和暴政激起民族和阶级矛盾，导致六镇起义，将北魏带入崩溃的边缘。武泰元年（528年）四月，镇守晋阳的大将尔朱荣带兵进入洛阳，将其溺毙于黄河。

【注释】　①闺闼（tà）：妇女所居内室的门户。②臆：胸。③窠：鸟巢。

【评析】　胡氏曾深恋并私蓄一个叫杨白华的男子，后来杨白华惧祸逃至南方梁朝，胡氏思念至极，写下此诗，命宫人演唱。此诗采用双关的手法，以杨花谐指情人杨白华，表达了失恋的哀恸。诗中借追问杨花飘零谁家，表达对情人去处的关切；借飞燕衔杨花入窠表达对情人回到其身边的渴望。此诗虽产自北方，但其技法和情调与南方民歌极为相似。

捣衣篇[1] 温子升

长安城中秋夜长，佳人锦石捣流黄[2]。
香杵纹砧知近远[3]，传声递响何凄凉。
七夕长河烂，中秋明月光。
蠮螉塞边绝候雁，鸳鸯楼上望天狼[4]。

【作者简介】 温子升（495年—547年），字鹏举，北朝济阴冤句（今山东荷泽）人。东魏晋王元瑾作乱，权臣高澄疑温子升与谋，将其囚禁，饿死狱中。北朝著名文学家，与邢邵、魏收合称“北地三才”。现存诗约十首，传世文章较多，擅长于碑版之文，雕饰而不浮艳。明人辑有《温侍读集》。

【注释】 ①捣衣：将衣料放在石砧上用木杵敲打使之柔软以便缝制。②锦石：有花纹的石头。流黄：黄色的绢。③香杵：即捣衣的木杵。纹砧：采用带花纹的石头即上文的锦石做的砧。④蠮螉（yē wēng）塞：即居庸关，位于在今北京市昌平区西北，关上筑土室以候望，如蠮螉（土蜂）之掇土为房，故名。鸳鸯楼：喻指男女幽会的楼房。天狼：星名，古人以为此星出现则有战争，消失则战争停止。

【评析】 这是一篇思妇之辞。前四句为第一部分，写捣衣。秋夜的长安，到处传来捣衣声，或远或近，时断时续，此起彼伏。作品以“凄凉”二字点破捣衣声带给人的感觉，于是长安城不仅笼罩在捣衣声里，也笼罩在凄凉的氛围中，为下文写思念奠定了基调。捣衣为何给人凄凉的感觉？古代征人的衣物都由家人准备，再由地方官员收集起来送至前线。秋天来临，征人未归，闺妇赶制冬衣，心情十分复杂，有思念，有牵挂，甚至有幽怨，捣衣也就成为中国古诗中写女子相思时出现频率极高的事象。后四句为第二部，写思念。这里选择了两个节日，即七夕和中秋，将思妇与征人对举。七夕是牛郎织女鹊桥相会的日子，中秋也是个团圆的日子。此时，思妇和征人天各一方，心中自然涌起无限的相思。此诗代表了温子升诗歌的最高成就。

敕勒歌[①] 解律金

敕勒川，阴山下[②]。
天似穹庐[③]，笼盖四野。
天苍苍[④]，野茫茫，风吹草低见牛羊。

【作者简介】 斛律金（488 年—567 年），又名阿六敦，朔州（今山西朔州）人，敕勒族，南北朝时期北魏、东魏、北齐三朝名将。

【注释】 ①敕勒歌：这是一首敕勒人的民歌，由鲜卑语译成。敕勒：中国古代原始游牧部落，又称赤勒、高车、铁勒、丁零等，南北朝时已经鲜卑化，居住朔州（今山西西北部）一带。②敕勒川：具体地点不详。川：平坦开阔的原野。阴山：又名大青山，位于今内蒙古自治区北部，西起河套，东至大兴安岭，绵延千里。③穹庐：用毛布搭成的帐篷，即蒙古包。④苍苍：青色。

【评析】 斛律金为东魏大将，在一场东西魏之间的持久大战中，东魏的进攻受挫，军心涣散。一次宴会上，主帅高欢命斛律金唱歌跳舞助兴，斛律金拔剑出鞘，且歌且舞，于是，激越雄壮的《敕勒川》在军帐内回荡，听着听着，高欢不由得一时泣下。此诗并非斛律金所作，而只是他曾演唱过。作品先以极粗的线条将北方的天空和原野勾勒出来，气势磅礴；最后以成群的牛羊稍稍点缀一下，与背景形成极大的反差，反衬出草原的壮阔。作品表现出北方大草原无限的壮美和勃勃的生机，显示出敕勒人开阔的胸怀和粗犷豪放的审美趣味。诗中以穹庐喻天空，表现出了北方草原给人的独特视觉冲击，富有地域特色；同时以小喻大，表现了歌者宽广的胸怀和豪迈的性格。

燕歌行　庾信

代北①云气昼昏昏，千里飞蓬无复根。
寒雁嗈嗈渡辽水，桑叶纷纷落蓟门②。
晋阳山头无箭竹，疏勒城中乏水源③。
属国征戍久离居，阳关音信绝能疏④。
愿得鲁连飞一箭，持寄思归燕将书⑤。
渡辽本自有将军，寒风萧萧生水纹。
妾惊甘泉足烽火，君讶渔阳少阵云⑥。
自从将军出细柳，荡子空床难独守⑦。
盘龙明镜饷秦嘉，辟恶生香寄韩寿⑧。
春分燕来能几日，二月蚕眠不复久。
洛阳游丝百丈连，黄河春冰千片穿。
桃花颜色好如马，榆荚新开巧似钱。
葡萄一杯千日醉，无事九转⑨学神仙。
定取金丹作几服，能令华表⑩得千年。

【作者简介】 庾信（513 年—581 年），字子山，小字兰成，祖籍南阳新野（今属河南）人。梁朝及西魏、北周著名诗人。自幼随父亲庾肩吾出入于梁朝宫廷，曾任萧统的东宫侍读和萧纲的东宫抄撰学士并领建康令。“侯

古诗选

景之乱”期间，建康沦陷，庾信逃往江陵。萧绎在江陵恢复梁朝，庾信奉命出使西魏。此间，梁为西魏所灭，庾信被扣，后一直被迫羁留北方，先后仕于西魏、北周，官至骠骑大将军开府仪同三司，故称“庾开府”。现存诗三百二十首左右，另有辞赋十五篇，有《庾子山集》。前期作品的内容多为良辰美景和儿女情长，风格清新艳丽，声律和谐，颇见才气；后期作品表现深切的乡关之思，形成刚健悲壮的风格。

【注释】 ①代北：今山西北部。②嗈（yōng）嗈：鸟叫声。辽水：即今辽河。蓟门：即蓟丘，古时属幽州，位于今北京德胜门外一带。③“晋阳”、“疏勒”二句：战国时赵襄子为保卫晋阳，曾利用晋阳宫垣四周的荻蒿苫楚制作箭矢。东汉大将耿恭曾被匈奴围于疏勒城，水源断绝，便于城中穿井得水。此二句意即说边境局势极其艰难。④属国：即附属国，古时附属于宗主国的国家。阳关：关隘名，位于今甘肃敦煌西南。⑤“愿得”句：意即希望有一支鲁仲连那样的箭，能够让战争停止下来。战国时，燕占齐国聊城，齐将田单攻聊城岁余不下，鲁仲连乃修书系于箭上，射入城中，燕将自杀，城拔。⑥甘泉：甘泉宫，秦时宫殿，故址在今陕西淳化西北甘泉山，汉武帝时扩建，在此朝诸侯王，飨外国客，亦作夏日避暑之处，一度因形势紧张，烽火直通甘泉。此以甘泉宫喻指朝廷。足：止，停止。烽火：古时边境报警的烟火，喻战争。讶：惊奇。渔阳：战国燕置渔阳郡，秦汉治所在渔阳（今北京密云西南）。此以渔阳指边境。阵云：浓重厚积形似战阵的云，古人以为战争之兆。⑦细柳：地名，在今陕西咸阳西南，汉文帝时，周亚夫为将军，屯军细柳，称细柳营。荡子：指辞家远出、羁旅忘返的男子。⑧“盘龙”、“辟恶”二句：意即我也想像徐淑那样毁掉面容，不再照镜以回应你对我的深情，我也想像贾午一样偷香相赠，以去邪避恶。响：回应。秦嘉：东汉诗人，《玉台新咏》录秦嘉《赠妇诗》三首，及其妻徐淑答诗一首，叙夫妇惜别互致忠诚之情。桓帝时，秦嘉为郡吏，赴洛阳时，妻子徐淑因病还家，未能面别。后秦嘉客死他乡，父兄逼徐淑改嫁，她毁形不嫁，守寡终生。韩寿：《晋书·贾谧传》、南朝宋刘义庆《世说新语·惑弱》等文献载：晋韩寿美姿容，贾充辟为司空掾。

充少女午见而悦之，使侍婢潜修音问，及期往宿，家中莫知，并盗西域异香赠寿。充僚属闻寿有奇香，告于充。充乃考问女之左右，具以状对。充秘其事，遂以女妻寿。⑨九转：九次提炼以成仙丹。道教认为丹的炼制有一至九转之别，而以九转为贵。晋葛洪《抱朴子·金丹》："九转之丹服之，三日得仙。"⑩"能令"句：意即服食丹药能使自己像华表一样千年矗立。华表：古代设在桥梁、宫殿、城垣或陵墓等前用作装饰的石柱。

【评析】 这是一首表达闺妇思念征夫的诗。诗的开头六句描写思妇想象中边塞的昏暗、萧瑟环境和前线的极端困境，透出压抑的氛围。接着四句写思妇因音讯久隔而生出的制止战争的奇想。下四句写思妇回顾当初形势紧张之际送丈夫上前线的情形。再下四句写丈夫出征后自己的孤寂及对丈夫的忠诚与牵挂。再下六句描写洛阳春天的美景，言外之意不能辜负大好时光。最后四句写思妇的自我慰藉：以醉饮消除离别的痛苦和以求仙缓解青春短暂的痛苦。作品表现了闺妇丰富的内心世界：思念是主旋律，另外，还有制止战争的渴望、对丈夫走上战场的理解、孤独时的自我慰藉等，从而大大丰富了全诗的思念主旨。表现人物的情感除了直接抒发还有间接暗示——特别是想象边塞的艰苦和困窘以寄托牵挂，描写洛阳灿烂的春色以寄托孤寂和感伤，将闺妇的内心世界表现得更真切，使思妇的形象更鲜明。此前以《燕歌行》为题的诗作大都以相思为主题，此诗相较以前的诗作有了巨大的突破，体制更大，内容更丰富，结构更复杂，情感起伏迭宕，押韵平仄互换，多次换韵，节奏富于变化。

墙上难为趋[1] 王褒

昔称梁孟子，兼闻鲁孔丘。

访政聊为述，问陈岂相酬[②]。
末代多侥幸，卿相尽经由。
台郎百金价，台司千万求[③]。
当朝少直笔，趋代皆曲钩[④]。
廷尉十年不得调，将军百战未封侯[⑤]。
夜伏拥门作常伯，自有葡萄得凉州[⑥]。
白璧求善价，明珠难暗投。
高墙不可践，井水自难浮[⑦]。
风胡有年岁，铦利比吴钩[⑧]。

【作者简介】 王褒（513 年—576 年），字子渊，琅邪临沂（今山东临沂北）人。梁武帝萧衍喜其才，以其弟鄱阳王萧恢之女妻之。起家秘书郎，转太子舍人，袭爵南昌县侯，迁秘书丞。梁太清二年（548 年），侯景叛乱，梁武帝被幽絷而死，萧纲虽被拥立为皇帝但只不过是侯景手中的傀儡。王褒所在任的南平郡继续与侯景对抗。萧绎平息侯景叛乱，召王褒至江陵，拜侍中，累迁吏部尚书左仆射。王褒在定都问题上，曾向萧绎进言，主建都建康，未被采纳。承圣三年（554 年），西魏陷江陵。梁元帝萧绎被杀，王褒被俘至长安，后仕西魏、北周二朝，曾授太子少保，迁少司空，出为宜州刺史，卒于任。今存诗十八首。早期作品以写景、赠别见长，平易自然，风格近谢朓、何逊。被俘入关后，作品亦有乡关之思，内容为思念旧友，抒发愁绪等，悲而不愤，风格质朴。

【注释】 ①墙上难为趋：宋郭茂倩《乐府诗集》录晋傅玄、王褒此题乐府各一篇，又引《古今乐录》曰："王僧虔《技录》云：'《墙上难用趋行》，荀录所载，墙上一篇，今不传。'" 而且，此题后来也偶有人采用，从这些作品的内容来看，是感慨怀才不遇的失意。②"昔称"至"问陈"四句：孟子曾到魏等国推行仁政，鲁国的孔丘也曾周游列国，在陈国陷入困境，起归欤之叹。相酬：指实现愿望。③"台郎"、"台司"二句：意即此类官职皆金银购得，非有才之人担任。台郎：指尚书郎。台司：指三公等宰辅大臣。④直笔：

指史官秉笔直书，无所回避。趋：通“促”，短暂。曲钩：喻奸邪。⑤廷尉：官名，秦始置，九卿之一，掌刑狱。汉初沿袭因之，秩中二千石。“将军”句：指汉代将军李广身经百战，但始终未能封侯。⑥常伯：周官名，君主左右管理民事的大臣，因从诸伯中选拔，故名。自有葡萄得凉州：葡萄由西域传入中原，凉州位于河西走廊，故此称“葡萄得凉州”。⑦“高墙”、“水井”二句：墙因为高而窄所以难以站立，水井因为狭小难以浮游，此喻世道艰难，无法施展才能。⑧“风胡”、“铦利”二句：意即风胡这样的铸剑师衰老了，于是，铦这样的农具都被当作利剑。风胡：人名，春秋时楚国人，精于识剑、铸剑。汉袁康《越绝书》载：“于是乃令风胡子之吴，见欧冶子、干将，使人作铁剑。”汉赵晔《吴越春秋》载：“楚昭王卧而寤，得吴王湛卢之剑于床。昭王不知其故，乃召风湖子而问曰。”铦（guā）：一种农具。吴钩：形似剑而曲的武器，春秋吴人善铸钩，故称，后也泛指利剑。

【评析】　此诗借吟咏历史人物和事件抒发才士失志的愤懑之情。作品首先感叹儒家两个圣贤即孔子与孟子壮志未酬的政治遭际，然后将其拓展为历史经验，揭示有才能的人往往无法施展抱负的宿命。接着递进一层，以李广等的命运感叹失志者的孤寂；然后再进一层，写失志者决不肯降格以求的气节。最后归于时世艰难，贵贱颠倒的哀叹。诗反复从具体的历史人物出发带出整个历史现实，以点带面，揭示才士失志的宿命，情感激越跳荡，气势咄咄逼人。全诗五七言相结合，整散结合，流宕起伏，运转自如，已是初唐歌行的风貌。

梅花落[①]　江总

腊月正月早惊春，众花未发梅花新。
可怜芬芳临玉台，朝攀晚折还复开。

长安少年多轻薄[②]，两两共唱梅花落。
满酌金卮催玉柱[③]，落梅树下宜歌舞。
金谷万株连绮甍[④]，梅花密处藏娇莺。
桃李佳人欲相照，摘叶牵花来并笑。
杨柳条青楼上轻，梅花色白雪中明。
横笛短箫凄复切，谁知柏梁声不绝[⑤]。

【作者简介】 江总（519年—594年），字总持，祖籍济阳考城（今河南兰考）。梁陈两代著名诗人。十八岁入仕为宣惠武陵王府法曹参军。其诗深受梁武帝赏识，后官至太常卿。梁亡，避乱至会稽、广州等地。入陈，官至尚书令，但不理政务，每天与陈后主游宴于后庭。入隋，为上开府，卒于江都。今存诗约百首，多为宫体，少量赠答及凭吊故土之作艺术性较强，浮艳背后透出一丝哀伤与悲凉。

【注释】 ①梅花落：汉乐府横吹曲名，宋郭茂倩《乐府诗集》说："《梅花落》本笛中曲也。按唐大角曲，亦有《大单于》、《小单于》、《大梅花》、《小梅花》等曲，今其声犹有存者。" ②轻薄：轻佻。③金卮：金制酒杯。玉柱：玉制的弦柱，此代指琴、瑟、筝等弦乐器。④金谷：指晋代石崇在洛阳郊外所筑的金谷园，常与当时文人贵显在此宴饮游乐。绮甍：华屋。甍：屋脊。⑤凄复切：即凄切，凄凉悲切。柏梁：即柏梁台，汉武帝常与群臣于此宴饮。

【评析】 这是一首咏物诗，吟咏的对象是早春的梅花，但作品没有局限于梅花，而是由梅及人再及情，表现人们在梅花丛中玩赏的欢乐。前四句为第一部分，写早春梅花次第开放，芳气袭人，逗人喜爱。接下来的八句写梅花丛中少年的歌舞宴饮，男男女女成双成对，梅花与佳人花面相映，一派生机。最后四句又回到对梅花的描写，同时流露出对美好春光的留恋。此诗不同于江总其他作品的浮艳，显得比较清新，由梅花及花下的赏梅人再及赏梅人的恋情，物、事、情融为一体，富有情韵。描写梅花突出"早"字，以强调其带给人们的欣喜。写赏梅人，暗示其男欢女爱，委婉含蓄。

从军行① 卢思道

朔方烽火照甘泉，长安飞将出祁连②。
犀渠玉剑良家子，白马金羁侠少年③。
平明偃月屯右地，薄暮鱼丽逐左贤④。
谷中石虎经衔箭，山上金人曾祭天⑤。
天涯一去无穷已，蓟门迢递三千里⑥。
朝见马岭黄沙合，夕望龙城阵云起⑦。
庭中奇树已堪攀，塞外征人殊未还。
白云初下天山外，浮云直向五原间⑧。
关山万里不可越，谁能坐对芳菲月。
流水本自断人肠，坚冰旧来伤马骨⑨。
边庭节物与华异⑩，冬霰秋霜春不歇。
长风萧萧渡水来，归雁连连映天没。
从军行，军行万里出龙庭。
单于渭桥今已拜⑪，将军何处觅功名。

【作者简介】 卢思道（532年—583年），字子行，北朝范阳（今河北涿郡）人。幼年师事邢邵，才学兼善。北齐天宝中，解褐直中书省、待诏文林馆。入北周，曾任武阳太守。隋开皇元年，为散骑侍郎。现存诗二十多首，多写游宴与酬答，承齐梁余风，风格纤艳。擅长七言，开初唐七言歌行之先声。

【注释】 ①从军行：乐府旧题，内容多写边塞情况和战士的生活。据《乐府广题》，现存最早的歌辞为三国魏左延年所作。唐吴兢《乐府古题要解》卷下载："《从军行》……皆述军旅苦辛之词也。"②朔方：北方。甘泉：见庾信《燕歌行》注⑥。祁连：见萧子显《从军行》注⑤。③犀渠：犀牛制成的盾牌。金羁：金饰的马络头。④平明：拂晓。偃月：古代阵形，呈弧形配置，形如弯月，由主将率军居中，两边军队张角向前，注重侧翼进攻。右地：西部地带。鱼丽：古代车战阵形，将步卒环绕战车进行疏散配置的一种阵法。左贤：即左贤王，匈奴贵族的高级封号，此指匈奴统帅。⑤石虎经衔箭：汉代将军李广曾误将草中的虎形石头当成老虎，一箭射去，箭镞没入石中。金人曾祭天：匈奴人用金属佛像祭天，汉代霍去病曾远征皋兰山，夺取了匈奴祭天的金佛。⑥蓟门：即蓟丘，位于今北京德胜门外一带。迢递：高峻貌。⑦马岭：关隘名，位于今山西太谷县东南马岭山上。龙城：又称龙庭，位于今蒙古国境内,是汉时匈奴祭天和大会诸部的地方。⑧天山:一名燕然山，即今蒙古国境内的杭爱山脉。五原：即汉五原郡之榆柳塞，在今内蒙古自治区五原县。⑨"流水"句：指流水呜咽，让人断肠。语出《陇头歌》："陇头流水,鸣声幽咽。遥望秦川,心肝继绝。""坚冰"句:此指寒冷。语出陈琳《饮马长城窟行》:"饮马长城窟，水寒伤马骨。"⑩边庭：边境。节物：各季节的风物景色。华：指华夏，此指中原。⑪"单于"句：汉宣帝甘露三年（前51年）匈奴呼韩邪单于入朝,宣帝登渭桥接见,当时外族君臣都下拜于渭桥下,口呼万岁。单于：匈奴君主的称号。渭桥：位于长安城北渭水上。

【评析】　这是一首以边塞为题材的长篇歌行，以相思与厌战为主题。前十二句为第一节。此节从征人出征的角度写起，然后以对仗工整的两联从时间（平明、薄暮）和空间（谷中、山上）两个层面描写紧张的战争生活，然后转向描写征人面临的景况:其一，出征之久，出征之远；其二，边塞环境的恶劣。后十六句为第二节。此节从闺妇的角度，反复将边塞的环境与内地的环境进行对比，凸显闺妇对征人的牵挂——内地物候的每次变化都勾起闺妇对于征人的思念，特别是她眼见长风吹过、归雁飞过，心中涌起对丈夫久戍不归的哀怨。最后以对好大喜功的将军的批评表达对战争的厌倦作结，这一点是对边塞诗主题的丰富与拓展。

卷二 四言

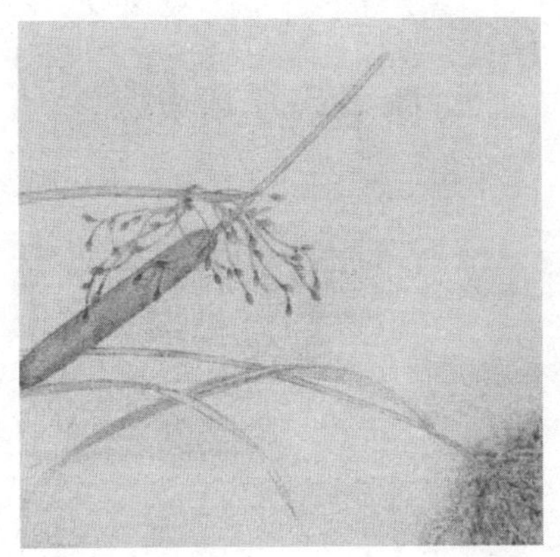

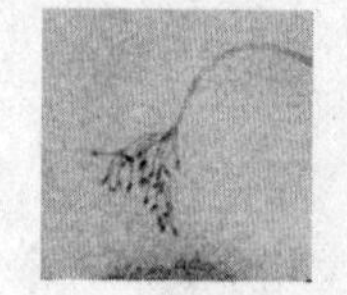

诫子[①] 东方朔

明者处事，莫尚于中[②]。
优哉游哉，与道相从[③]。
首阳为拙，柳惠为工[④]。
饱食安步，在仕代农[⑤]。
依隐玩世，诡时不逢[⑥]。
才尽身危，好名得华[⑦]。
有群累生，孤贵失和[⑧]。
遗余不匮，自尽无多[⑨]。
圣人之道，一龙一蛇[⑩]。
形见神藏，与物变化[⑪]。
随时之宜，无有常家[⑫]。

【作者简介】 东方朔（前154年—前93年），字曼倩，西汉平原厌次（今山东惠民县）人。性格诙谐，言词敏捷，滑稽多智。尽管屡于武帝前言政治得失，强国大计，但不被重用，只以俳优相待。著述很多，如《答客难》、《非有先生论》等汉赋名篇，明张溥编为《东方太中集》。

【注释】 ①诫：警告。②明者：明智之人。尚：注重，崇尚。中：中正之道。③优哉游哉：从容自得。与道相从：意即合乎中正之道。④首阳：

山名，相传为伯夷、叔齐采薇隐居处，在今何地，旧说不一，此指伯夷和叔齐二人。《史记·伯夷列传》:“武王已平殷乱，天下宗周，而伯夷、叔齐耻之，义不食周粟，隐于首阳山，采薇而食之。”又《论语·季氏》:“伯夷、叔齐，饿于首阳之下，民到于今称之。”柳惠：即柳下惠，春秋鲁大夫展获，字季，又字禽，食邑柳下，谥惠，故称其为柳下惠。虽然屡受排挤，仕途蹭蹬，却因其道德和学问名满天下，各国诸侯争相延聘，都被他拒绝。《论语·微子》载：“柳下惠为士师，三黜。人曰：‘子未可以去乎？’曰：‘直道而事人，焉往而不三黜？枉道而事人，何必去父母之邦？’”⑤安步：缓步徐行。在仕代农：以做官代替耕种来解决粮食问题。⑥依隐玩世：指身居朝廷却过着隐士般的悠然生活。颜师古引如淳曰：“依违朝隐，乐玩其身于一世也。”玩世：以不严肃的态度对待现实。诡时：违背时宜。不逢：不遇，失意。⑦“才尽”、“好名”二句：才华毕露，生命就会面临危险；沽名钓誉，就会赢得华彩。华：精彩。⑧群：朋辈，群好。累生：拖累自身。孤贵：指清高的人。和：附和，响应。⑨“遗余”、“自尽”二句：处事留有余地，就不会缺少回旋的空间；处事不留余地，就没有回旋的空间。遗余：留有余地。⑩一龙一蛇：喻时隐时显，变化莫测。《庄子·山水》:“无誉无訾，一龙一蛇，与时俱化，而无肯专为。”《淮南子·俶真训》:“是故至道无为，一龙一蛇，盈缩卷舒，与时变化。”⑪“形见”、“与物”二句：意即或隐或显，随着事物的变化而变化。⑫“随时”、“无有”二句：意即或隐或显，随着时机的不同而不同，而不是拘泥不通。

【评析】　此诗是言理，意在讲明中正之道，说理形象、透彻。诗人先采用耳熟能详的历史人物即伯夷、叔齐与柳下惠作为例证，意在说明伯夷、叔齐与柳下惠是走向两个极端，都不可取；随后，又列举一系列历史和现实中司空见惯的各执一端的处事方式并一一加以否定，即依隐者与诡时者，才尽者与好名者，有群累者和孤贵者，遗余者和自尽者等。然后引入“一龙一蛇”这个成语，形象地说明所谓中道是显与隐的因时制宜，是龙与蛇二者的结合。

怨篇 张衡

猗猗秋兰，植彼中阿①。
有馥其芳，有黄其葩②。
虽曰幽深，厥美弥嘉③。
之子云远，我劳如何④？

【作者简介】 张衡（78年—139年），字平子，东汉南阳西鄂（今河南南阳）人。历任郎中、太史令、侍中、河间相、尚书等职。在天文学、数学、文学等方面都取得极高成就，文学作品以《二京赋》、《归田赋》等为代表。《隋书·经籍志》有《张衡集》十四卷，久佚，明张溥辑有《张河间集》。

【注释】 ①猗猗：美盛貌。中阿：丘陵之中，即山中。②有馥：即馥馥，形容香气浓郁。葩：即花。③厥：它，第三人称代词。弥：更加。嘉：善，美。④之子：意即这个人，指兰。云：助词，无义。劳：忧伤嗟叹。

【评析】 此诗借吟咏幽兰表达人才遭埋没的哀怨。古有琴曲《幽兰操》或称《猗兰操》，汉蔡邕《琴操·猗兰操》说："《猗兰操》者，孔子所作也。孔子历聘诸侯，诸侯莫能任。自卫反鲁，过隐谷之中，见芗兰独茂，喟然叹曰：'夫兰当为王者香，今乃独茂，与众草为伍，譬犹贤者不逢时，与鄙夫为伦也。'乃止车援琴鼓之云：'习习谷风，以阴以雨。之子于归，远送于野。何彼苍天，不得其所。逍遥九州，无所定处。世人暗蔽，不知贤者。年纪逝迈，一身将老。'自伤不逢时，托辞于芗兰云。"《猗兰操》未必为孔子作，但由此古琴曲始，以幽兰喻埋没的人才成为后来诗人反复吟咏的义旨。兰生长于幽深的山谷，寂静地开放，寂静地凋零，无人欣赏，正是这一点触动不遇文人的敏感神经。所以，张衡此诗吟咏兰，是从其幽深的生长环境和芳香美丽的性状两个层面展开的。

赠秀才入军十八首[①]（选二首） 嵇康

其一

泳彼长川，言息其浒[②]。
陟彼高冈，言刈其楚[③]。
嗟我征迈，独行踽踽[④]。
仰彼凯风，涕泣如雨[⑤]。

【作者简介】 嵇康（223年—262年），字叔夜，魏谯郡铚（今安徽宿州）人。曾任中散大夫，故世称嵇中散。好老庄，喜玄理，为当时名士，主张越名教任自然，与阮籍、向秀、山涛等为"竹林七贤"。为人刚肠疾恶，轻肆直言，又是曹魏宗室的女婿，拒绝与司马氏合作，因而招致忌恨，最后被诬处死。临刑前，见时辰未至，索琴而弹，一曲《广陵散》后，感慨说："此曲从此绝矣。"然后从容就刑。其诗歌多为四言，风格讦直峻切。

【注释】 ①这是嵇康送其兄嵇喜从军而作，共十八首。秀才：被州郡以秀才科目名义举荐至朝中做官的人。②泳：游泳。浒（hǔ）：水边。③陟（zhì）：登山。刈：割。楚：灌木。④征迈：行进。踽（jǔ）踽：独行貌。⑤凯风：和暖的风，指南风。《诗经·凯风》以凯风喻母亲的辛勤养育。

【评析】 此诗的主旨表面上是送行，但诗人并不赞成其兄嵇喜从军，因而暗含挽留之意。作品全是诗人想象其兄路途中的经历和心理，特别是后两句以其兄的口吻抒发行旅中的孤独感和对母亲养育之恩的感念，意味深长。言外之意，哪里值得为入仕从军而忍受行旅的孤独以及放弃侍亲的天伦之乐!

其二

息徒兰圃，秣马华山①。
流磻平皋，垂纶长川②。
目送归鸿，手挥五弦③。
俯仰自得，游心太玄④。
嘉彼钓叟，得鱼忘筌⑤。
郢人逝矣，谁与尽言⑥。

【注释】 ①徒:仆从。兰圃:有兰草的野地。秣马:饲马。华山:同花山，即长满花草的山。②磻(bō):用丝绳系在箭上射鸟叫做弋，在系箭的丝绳上加系石块叫做磻。垂纶:钓鱼。纶:指钓丝。③归鸿:归雁。五弦:乐器名，似琵琶而略小。④俯仰自得:不论是抬头还低头，目之所及，往往有所领会。游心太玄:意即心中对大道有所领会，即“自得”。太玄:大道。⑤筌:捕鱼竹器名。⑥“郢人”、“谁与”二句:《庄子·徐无鬼》载:“庄子送葬，过惠子之墓，顾谓从者曰:“郢人垩(白土)漫(涂)其鼻端若蝇翼，使匠人斲之。匠石运斤成风，听而斲之，尽垩而鼻不伤，郢人立不失容。宋元君闻之，召匠石曰:‘尝试为寡人为之。’匠石曰:‘臣则尝能斲之。虽然，臣之质死久矣!’自夫子之死也，吾无以为质矣，吾无与言之矣!”此寓言是庄子在惠施墓前对人说的，意即惠施死后再没有辩论的对手。嵇康意在以此表明嵇喜如对太玄有所领会，在军中也难得找到可以交流的人。

【评析】 此诗是诗人诱导其兄游心玄理，而不要醉心名利。全诗主要内容是想象其兄洒脱放旷的生活情景，如打猎、垂钓、弹琴等，显然，这不是军中生活的实际，而是诗人认为其兄应该选择这样的生活方式。最后以其兄的口吻抒发在军旅生活中缺乏知音的遗憾，表达对其入军的反对。

咏怀[①] 阮籍

月明星稀，天高气寒。
桂旗翠旌，佩玉鸣鸾[②]。
濯缨醴泉，被服蕙兰[③]。
思从二女，适彼湘沅[④]。
灵幽听微，谁观玉颜[⑤]。
灼灼[⑥]春华，绿叶含丹。
日月逝矣，惜尔华繁[⑦]。

【作者简介】 阮籍（210年—263年），字嗣宗，魏陈留尉氏（今属河南）人。曾任步兵校尉，世称“阮步兵”。阮籍是当时的名士，表面放荡不羁而本性淳厚。其建立功业的愿望并未完全泯灭，在现实中又无法实现；人生理想是庄子的境界，在现实中也无法实现。因此，他的内心充满苦闷。其代表作五言《咏怀诗》采用比兴的手法表达人生的苦闷，诗旨幽深。钟嵘《诗品》评其诗“言在耳目之内，情寄八荒之表……厥旨渊放，归趣难求”。

【注释】 ①咏怀：阮籍有五言《咏怀》八十二首，有四言《咏怀》三首，此为其一。咏怀：即抒发情感怀抱，古人以咏怀为题的诗歌，多与政治际遇有关。②桂旗：结桂枝为旗。翠旌：以翠鸟羽毛装饰旗帜。鸾：车铃。③濯缨：洗涤帽带。濯：洗涤。缨：冠系，即冠上的带子。醴泉：甜美的泉水。被服：佩带。蕙兰：香草。④二女：指舜之二妃娥皇和女英。西汉刘向《列女传》载：“舜陟方，死于苍梧，号曰重华。二妃死于江湘之间，俗之湘君。”适：前往。⑤“灵幽”、“谁观”二句：意即娥皇、女英的灵魂幽隐，只能侧耳倾听以捕捉其微弱的动静，谁能够一睹其真实的面容呢。⑥灼灼：草木茂盛貌。⑦华繁：指花开得很茂盛。

【评析】此诗写诗人一次失落的精神之旅，以此表现现实中的苦闷。从“月明星稀”至“谁睹玉颜”为第一节，写想象。此节袭用屈原《离骚》的手法，写一个清冷的夜晚披星戴月出游求女的历程和失败的结局。想象中的出游往往意味着现实的局促，出游的失败又意味着精神追求的失败。最后四句为第二节，写现实。现实中花繁叶茂的春景与幻想中清冷的景色反差极大，但此景带给诗人的依然是失落，因为诗人由此想到了时光的流逝，可见诗人对于现实处境的不满意。全诗通过幻想与现实的两重的失落，表现出诗人于现实与幻想之间的徘徊及人生难以选择的苦闷。

励志诗九首（选二首） 张华

其一

吉士思秋，实感物化①。
日与月与，荏苒代谢②。
逝者如斯，曾无日夜③。
嗟尔庶士，胡宁自舍④。

其二

水积成川，载澜载清⑤。
土积成山，歊蒸郁冥⑥。
山不让尘，川不辞盈⑦。
勉尔含弘，以隆德声⑧。

【注释】 ①"吉士"、"实感"二句：意即贤者之所以悲秋，是感慨万事万物的变化。《淮南子》曰："春，女悲，秋，士哀，而知物化矣。"吉士：男子之美称，如《诗·召南·野有死麕》："有女怀春，吉士诱之。"此指贤者。思秋：即悲秋。物化：事物的变化。②日与月与：指时光。与：助词，无义。荏苒：指时光渐渐逝去。代谢：更替。③"逝者""曾无"二句：《论语》云："子在川上曰：'逝者如斯夫，不舍昼夜。'"④"嗟尔"、"胡宁"二句：意即河水东流，昼夜不息，人也应该励志，怎么能够自暴自弃呢！庶士：众士。⑤水积成川：语出《荀子》，即："积土成山，风雨兴焉；积水成川，蛟龙生焉；积善成德而神明自得，圣心备焉。"载澜（lán）载清：即指水的清澈。载：助词，无义。⑥土积成山：见注⑤。歊（xiāo）蒸：也作"歊烝"，水气升腾貌。郁冥：幽暗意。⑦"山不"、"川不"二句：语出《管子》，即："海不辞水，故能成其大；山不辞土，故能成其高；士不厌学，故能成其圣。"⑧勉：努力。含弘：包容博厚。隆：升高，增加。德声：仁德的声誉。

【评析】 张华《励志诗》共九章，此为第二、第七章。第一首以孔子于川流前感叹时光流逝的掌故警示要珍惜时间，不断修炼；第二首以山水的博大能容为喻，鼓励努力增进修养，提高声誉。因为这类诗的功用在于勉励自己的同时与他人共勉，往往用典以增加说服力，而且用典的意义比较显豁，用语则比较典雅庄重。

赠温峤五首[①]（选二首） 郭璞

其一

人亦有言，松竹有林[②]。
及尔臭味，异苔同岑[③]。

义结在昔，分涉于今④。
我怀惟永，载咏载吟⑤。

【作者简介】 郭璞（276年—324年），字景纯，晋代河东闻喜人（今山西闻喜县）。西晋末避乱至江南，任宣城太守殷佑的参军。晋室南渡，过江避难，深受元帝、明帝推重。东晋元帝时拜为著作佐郎，迁尚书郎，以母忧去职。明帝初，任王敦记室参军。通晓阴阳历算，以卜筮不吉的方式试图阻止王敦谋反，被害。是东晋著名学者和文学家，曾为《尔雅》、《山海经》、《楚辞》作注。诗歌以《游仙诗》著名。

【注释】 ①温峤（288年—329年），字泰真，一作太真，东晋名将，太原祁县（今山西祁县）人。十七岁出仕，由司隶都官从事累迁至潞县县令。后任刘琨的参军，积功至司空府左长史。317年，温峤作为刘琨的信使南下劝进，从此历任显职，并深得太子即后来的晋明帝的器重。参与平定王敦、苏峻的叛乱。②松竹有林：意即松竹往往成林，喻品德高尚的人不乏同道。③臭味：气味，喻志趣。异台同岑：不同的青苔长在同一座山上，喻朋友志同道合。岑：小而高的山。④义结：为共同的志趣结交为友。分涉：指分手后各自走上不同的道路。⑤怀：思念。永：长。载咏载吟：即吟咏。

【评析】 原诗共五章，此为第二章。郭璞与温峤曾在王敦手下短暂共事并结下友情，此诗即回顾当初的结交并抒发别后的相思。前两句为起兴，从“松竹有林”这个成语切入，不仅惊警动人，又顺利地引出后两句。“松竹有林”和“异苔同岑”是两个形象的比喻，二者构成隐喻关系，形象表达了诗人与温峤之间志趣相投。后四句由叙述过渡至抒情，从叙述当初的结交到现在的分离，自然而然地过渡到对别后思念的抒发。

其二

言以忘得，交以淡成①。

同匪伊和，惟我与生②。
尔神余契，我怀子情③。
携手一壑，安知尘冥④。

【注释】①言以忘得：即得意忘言，语出《庄子·外物》："言者所以在意，得意而忘言。"意即只有忘言才能领会语言背后的意义。交以淡成：友情因为淡泊不涉名利才得以结成。②同匪伊和：相通之处不仅在于互相附合。匪：不是。伊：助词，无义。③"尔神"、"我怀"二句：意即你的精神世界与我相合，你的感情我能够体察。契：相合。④壑：山沟。尘冥：指世外。

【评析】 此选为原诗第四章，诗人表白与温峤的友情。作品也是以成语开头，然后过渡到诗人与朋友的友情上来，这个友情的实质是二人神与情的相通，即心灵的相通，既不存在虚套，也不涉及名利，也就回应了开头的两个成语。最后两句表达与温峤携手同游，超于物外的愿望，这是对二人友情之纯洁的升华。

兰亭集诗二首①（选一首） 谢万

肆眺崇阿，寓目高林②。
青萝翳岫，修竹冠岑③。
谷流清响，条鼓鸣音④。
玄崿吐润，霏雾成阴⑤。

【作者简介】 谢万（321年—361年），字万石，陈郡阳夏（今河南太康）人。东晋名士，又称谢中郎，谢裒之子，谢奕、谢安之弟。曾为豫州刺史。工言论，善属文，受命北伐，仍啸咏自傲，结果失败而还，被废为庶人。今仅存兰亭诗二首。

【注释】 ①兰亭集诗：东晋穆帝永和九年（353年）上巳节即三月三日，王羲之、孙绰、谢安等四十一人，在会稽郡（今浙江绍兴）山阴县境内的兰亭举行了一次集会。古代有上巳修禊的习俗，即临水洗濯，去除不祥。修禊结束后诗人们将盛着酒的杯子从曲水上游放出，让它顺流漂下，流到谁的面前，谁就临流饮酒赋诗，赋不出诗则罚酒。此次活动有二十六人参加，成诗三十七首，编成《兰亭集》，由王羲之撰写集序。这些诗是中国古代文人发现山水之美的标志，他们从山水中获得愉悦、体悟玄理并体认生命。本诗就是在这次活动中创作的。②肆眺：极目远望。崇阿（chóng ē）：高山。寓目：过目，看一下。③青萝：又名松萝，一种攀生在石崖、松柏或墙上的植物。翳(yì)：遮盖。岫（xiù）：岩穴。修竹：高大的竹林。冠：帽子，此处作动词，覆盖之意。岑（cén）：小而高的山。④清响：指清脆的溪水声。条：指枝条。鸣音：指风吹过树林发出的声响。⑤崿(è)：山崖。霏雾：飘拂的云雾。

【评析】 原诗共二首，此选其一。此诗表达诗人置身山水之中的心灵愉悦。整首诗全部写景，既写视觉，又写听觉。虽不抒情，但美景带给人的心灵愉悦溢于言表。

停云四首[①]（选二首） 陶潜

停云，思亲友也。罇湛新醪，园列初荣，愿言不从，叹息弥襟[②]。

其一

霭霭停云，濛濛时雨[③]。
八表同昏，平路伊阻[④]。

静寄东轩，春醪独抚[⑤]。
良朋悠邈，搔首延伫[⑥]。

【作者简介】 陶渊明（?—427年），字元亮，别号五柳先生，或入宋后改名潜，卒后亲友私谥靖节。东晋浔阳柴桑（今江西九江）人。曾祖父陶侃，东晋开国元勋。祖父陶茂、父亲陶逸都作过太守。八岁丧父，青少年时代在外祖父名士孟嘉家里生活、读书。太元十八年（393年）起为州祭酒，不堪吏职，不久自解归。后召其任州主簿，不赴。隆安四年（400年），入荆州刺史兼江州刺史桓玄幕，次年冬，因母丧辞职。元兴三年（404年），刘裕起兵讨伐篡逆的桓玄，入建康主政，陶渊明入镇军将军刘裕幕任参军。次年即义熙元年（405年），改任建威将军刘敬宣的参军，八月再改任彭泽令，在任八个月后去职归隐再未入仕。陶渊明存诗一百二十多首，今传陶集为宋人重编。其为田园诗的开创者，诗风以平淡自然为主。

【注释】 ①停云：此以首句中的二字为题。停云：凝滞不动的云。②罇（zūn）：同“樽”，酒杯。湛（zhàn）：深，盈满之意。醪（láo）：汁滓混合的酒，即浊酒。列：排列。初荣：新开的花。愿言不从：意即思亲友而不能如愿。愿：思。言：助词，无义。不从：不顺心，不如愿。弥（mí）：满。襟：指胸怀。③霭（ǎi）霭：云密集貌。濛濛：细雨绵密貌。时雨：应时之雨，此指春雨。④八表：八方以外极远处，泛指天地之间。昏：昏暗。平路：平坦的道路。伊：语助词。阻：阻塞不通。⑤寄：居处，托身。轩：有窗槛的长廊或小室。抚：持。⑥悠邈：遥远。搔首：用手搔头，形容等待良朋的焦急情状。延伫（zhù）：长时间地站立。

【评析】 原诗一组共四首。此首是表达想与亲友同饮而不可得的遗憾。诗前四句写景，后四句抒情。春雨绵绵，天地昏暗，道路受阻。此时，春醪酿成，无人分享，只能独饮于东轩，于是，思念亲友之情油然而生。写景、抒情舒缓平和，充分体现平淡的风格。停云一语，经陶渊明点化，后成为暗喻思念亲友的意象。

其二

东园之树，枝条载荣①。
竞用新好，以怡余情②。
人亦有言：日月于征③。
安得促席，说彼平生④。

【注释】①载：始。荣：茂盛。②“竞用”、“以怡”二句：意即自然界争相以其美好的景色来取悦我的感情。新好：新的美好景色，指春天萌发的树木。③“日月”句：指时光流逝。于：助词，无义。征：行，流逝。④促席：古人席地而坐，促席即坐席相接，指彼此坐得很近。促：迫近。平生：平时，指平生的志趣、夙愿。

【评析】 此诗以春天美景带给人的愉悦反衬良朋分离带给人的遗憾。春天来临，树木萌发，令人愉悦，但也让人感知时光的流逝。在如此美好的季节，人应该怎么度过呢？当然是和亲密的朋友一起促膝谈心，聊聊家常。诗从景色的描写过渡至情感的抒发，自然而然，了无痕迹。

时运四首①（选二首） 陶潜

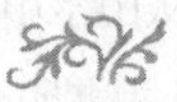

时运，游暮春也。春服既成，景物斯和，偶景独游，欣慨交心②。

其一

迈迈时运，穆穆良朝③。

袭我春服，薄言东郊④。
山涤余霭，宇暧微霄⑤。
有风自南，翼彼新苗⑥。

【注释】①时运：此以首句中的二字为题。时运，指四季的运行，如《庄子·知北游》："阴阳四时运行，各得其序。"又如《大戴礼》："故仰则观天文，俯则察地理，前视则睹鸾和之声，侧听遇观四时之运。"②春服既成：春天的衣服已经穿定，指天气转暖。《论语·先进》载孔子弟子曾点描述的和乐安适的生活景象："莫春者，春服既成。冠者五六人，童子六七人，浴乎沂，风乎舞雩，咏而归。"成：穿戴完成。斯：句中连词。和：和穆。偶景：与影为偶。偶：伴。景：即"影"。欣慨：欣喜与感慨。交心：交会于心。③迈迈：行而复行，指四时不断地运行。穆穆：和美貌。④袭：衣外加衣。薄言：助词。⑤"山涤"、"宇暧"二句：意即青山从朝雾中显现，天空罩上了一层薄云。涤：洗除。霭：云翳。暧：遮蔽。霄：云气。⑥"有风"、"翼彼"二句：意即南风吹拂新苗，宛若使之张开了翅膀。翼：此处作动词。

【评析】　原诗一组共四首。此首吟咏暮春时节独游时的欣喜之情。前四句写出游。采用词语重叠和助词，行文节奏平缓，有助于表现诗人悠然自得的心情。后四句写在郊外看到的景色。值得注意的是，这些景色不仅有山水，还有田园，既写山水带给人的愉悦，又写田园景物的变化带给人的欣赏。东晋以来，文人逐渐从山水中体会到哲理和精神的愉悦，然而真正能从田园体会精神愉悦是从陶渊明开始的。

其二

斯晨斯夕，言息其庐①。
花药分列，林竹翳如②。
清琴横床，浊酒半壶。

黄唐莫逮③，慨独在余。

【注释】 ①晨：早。夕：晚。言：助词。庐：草庐。②翳如：翳然，隐蔽貌。③“黄唐”句：意即不能与黄帝、尧帝同时而相交。陶渊明《赠羊长史》：“愚生三季后，慨然念黄虞。”黄：黄帝。唐：尧帝。莫逮：未及。

【评析】 这是写出游归来时的所见所感。出游归来之所见是居处附近的花药、林竹等，这是田园生活中比较常见的景物，陶渊明的田园诗正是在描写这些日常景色、日常生活中显现出平淡自然的风格。所感有两个方面：其一是诗人置身其中心灵的宁静，这是通过弹琴和饮酒两个动作来间接暗示出来的，因为二者可以使诗人远离世俗；其二是诗人对圣人的向往和不能相交的遗憾。由此可见，诗人的内心充满矛盾，一方面寄情山水田园，从中获得精神愉悦，另一方面却又无法忘怀现实。

归鸟四首①（选二首） 陶潜

其一

翼翼归鸟，晨去于林②。
远之八表，近憩云岑③。
和风不洽，翻翮求心④。
顾俦相鸣，景庇清阴⑤。

【注释】 ①归鸟：返归旧林的鸟。此以首句中的二字为题。②翼翼：和貌，指众鸟相和而飞。去：离开。③之：前往。憩（qì）：休息。云岑：高耸入云的山。④“和风”、“翻翮”二句：意即未遇到和风，便翻转翅膀折回，以求遂己之初心。洽：融合，这里是“顺”的意思。翻翮(hé)：翻转翅膀。翮：鸟的翅膀。求心：追求初心之所向。⑤“顾俦”、“景庇”二句：意即众鸟相约，庇于清阴之中。顾俦：同伴之间相互顾盼。俦：伴侣。景：同“影”，身影，此指归鸟。庇：隐藏。清阴：指清凉树阴。

【评析】 全诗以归鸟眷恋故林暗喻诗人找到了心灵的归宿。陶渊明诗中，田园和世俗是相对立的两个世界。“人生归有道，衣食固其端”，田园生活使诗人得以自己解决衣食问题，更重要的是使诗人得以逃离充满机巧的世俗社会，从而使心灵得到休憩。归鸟屡次出现于陶渊明的田园诗中，鸟儿眷恋故林、结伴而飞、相互和鸣，是诗人逃离世俗、归隐田园，心灵得以安顿的象征。

其二

翼翼归鸟，载翔载飞。
虽不怀游，见林情依[1]。
遇云颉颃[2]，相鸣而归。
遐路诚悠，性爱无遗[3]。

【注释】 ①“虽不”、“见林”二句：意即惟其本性不想出游，所以一见树林便依依不舍。②颉颃(xié hánɡ)：鸟上下飞。③“遐路”、“性爱”二句：意即诚然路途遥远，然而性爱旧林，不能舍弃。性爱：本性所爱。遗：舍弃。

【评析】 全诗描写归鸟眷恋故林、和鸣而飞的宁静安详，并反复将此归结为性情，表达了诗人对世俗的极度厌倦，对宁静安详的田园生活的无比热爱。

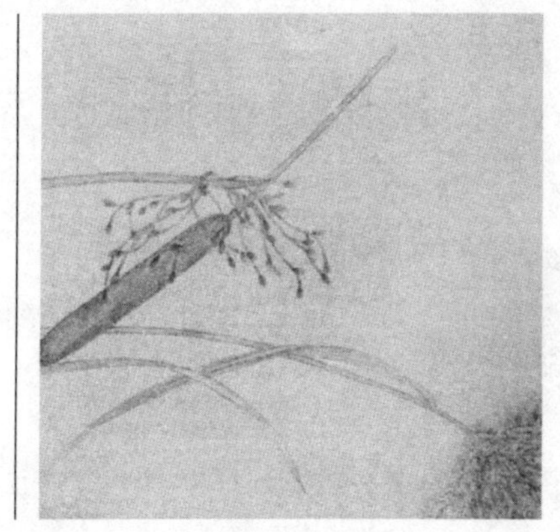

卷三 五七言绝句

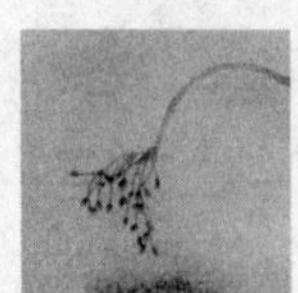

菊　袁山松

灵菊植①幽崖，擢颖凌寒飙②。
春露不改色，秋霜不改条③。

【作者简介】　袁山松（?—401年），字不详，东晋陈郡阳夏（今河南太康）人。擅长音乐，曾改作旧歌《行路难》，酒酣高歌，听者无不下泪，号为一绝。出游时常令左右作挽歌，时人谓之“袁道上行殡”。与羊昙之唱乐、桓伊之挽歌，并称“三绝”。曾任吴郡太守，孙恩之乱中，沪渎城陷，战死。

【注释】　①植：生长。②擢颖：秀拔。飙（biāo）：狂风。③条：枝条。

【评析】　这是一首咏物诗，吟咏的对象是菊花。作品抓住菊生长于贫瘠的土地又不畏风寒的特性，表现菊的坚韧品格。

大道曲①　谢尚

青阳②二三月，柳青桃复红。
车马不相识，音落黄埃③中。

【作者简介】 谢尚(308 年—357 年)，字仁祖，东晋陈郡阳夏(今河南太康)人。西晋豫章太守谢鲲之子,东晋太傅谢安的从兄。通音律,善舞蹈,工书法，尚清谈。历任江州刺史、尚书仆射，后进号镇西将军，世称谢镇西。

【注释】 ①大道曲:《乐府广题》曰:“谢尚为镇西将军，尝著紫罗襦，据胡床，在市中佛国门楼上弹琵琶，作《大道曲》。市人不知是三公也。”②青阳:指春天。③黄埃:黄色尘土。

【评析】 此诗描写春天的美景。诗的前两句写春景，桃红柳绿，色彩绚烂。后两句写游人，车来车往，一片繁忙。二者共同营造出热闹的氛围。

子夜春歌① 失名

春林花多媚，春鸟意多哀。
春风复多情，吹我罗裳开。

【注释】 ①子夜春歌:由《子夜歌》衍生而来,《子夜歌》产生于以建康(今南京)为中心的江南地区,属吴歌,宋郭茂倩《乐府诗集》录晋、宋、齐三代歌词四十二首,内容多写男女恋情,多用双关隐语,情调清怨缠绵。《唐书·乐志》载:“《子夜歌》者,晋曲也。晋有女子名子夜,造此声,声过哀苦。”

【评析】 此诗表现一个少女的春情萌动。全诗写春景，即春花、春鸟、春风,但以“我”(怀春之少女)观物,则这些景物无不带上“我”的色彩。春花之“多媚”是怀春少女对自己之成熟貌美的体认，春鸟之“多哀”是她因思念而寂寞之内心世界的投射，春风之“多情”是她对心目中的恋人的想象。作品由撩人衣襟的春风想象到多情的少年，令人叫绝，二者一旦纳入隐喻的结构中，妙合无垠，真可谓“物虽胡越，合则肝胆”。

自叙　谢灵运

韩亡子房奋，秦帝鲁连耻①。
本自江海人②，忠义感君子。

【作者简介】　谢灵运（385年—433年），原名公义，字灵运，小名客，人称谢客，世称谢灵运，祖籍陈郡阳夏（今河南太康），生于会稽始宁（今浙江绍兴上虞区）。东晋名将谢玄之孙，世袭为康乐公。南朝宋杰出诗人，开创了中国文学史上的山水诗派，其山水诗写景繁富，不乏名句。

【注释】①子房：即张良，其祖、父五代为韩王之相，秦灭韩后，他积极反秦，弟死不葬，散尽家财，四处物色刺客刺杀秦王嬴政。奋：振作。鲁连：战国时齐国人。秦军围赵都邯郸，鲁连以利害劝阻赵魏尊秦为帝，说：“彼（秦昭王）即肆然称帝，连有蹈东海而死耳！”耻：感到羞耻。②江海人：指浪迹四方，放情江海之人。《庄子·让王》：“身在江海之上，心居乎魏阙之下。”

【评析】　此诗一名《临川被收》，谢灵运在临川内史任上被有司弹劾，逃逸之前写作此诗。《宋书·谢灵运传》载：“太祖……不欲使东归，以为临川内史，赐秩中二千石。在郡游放，不异永嘉，为有司所纠。司徒遣使随州从事郑望生收灵运，灵运执录望生，兴兵叛逸，遂有逆志。为诗曰：‘韩亡子房奋，秦帝鲁连耻。本自江海人，忠义感君子。’追讨禽之，送廷尉治罪。”谢灵运为东晋名臣之后，入宋以后不被朝廷信任，郁郁不得志，于是恣意遨游山林。此诗表达以张良、鲁连为榜样，为被宋灭亡的东晋复仇雪耻的心理。虽连用典故，但诗旨比较显豁，情绪激昂，与其之前表现内心宁静、风格富丽精工的山水诗迥异。

失题 谢惠连

夕坐苦多虑，行歌践闺中①。

房栊引倾月，步檐结春风②。

【注释】 ①行歌：一边走一边抽抽咽咽地哭。歌：吟，抽咽的哭。②房栊：窗棂。步檐：檐下的走廊。结：汇聚。

【评析】此诗表现一个女子的思春。前两句描绘了这样一个场景：春日的月夜，一个女子一会儿静静地坐着，脸上写满愁绪；一会儿踱来踱去，脸上挂满泪珠。诗中只提及"多虑"二字，但她在想什么，为什么而哭泣，都没有点出。作品接着将读者的注意力诱导至她注视的方向——窗外，空中是一轮明月，地上，是无限春风。后两句看似宕开一笔，实际上暗暗化解了读者的困惑。读者至此终于明白，这是一个思春的女子。作品通过几个动作的勾勒暗示人物的内心世界，委婉含蓄。

采菱歌七首①（选二首） 鲍照

其一

骛舲驰桂浦，息棹偃椒潭②。

箫弄澄湘北，菱歌清汉南③。

【注释】①采菱歌:又称《采菱》、《采菱曲》,古代楚地歌曲名。《楚辞·招魂》:"《涉江》、《采菱》,发《扬荷》些。"宋郭茂倩《乐府诗集》列入《清商曲辞》,并引《古今乐录》曰:"《采菱曲》和云:'菱歌女,解佩戏江阳。'"《尔雅翼》云:"吴楚之风俗,当菱熟时,士女子相与采之,故有采菱之歌以相和,为繁华流荡之极。"②骛:疾驰。舲:有窗的小船。桂浦、椒潭:非实指某地,用"桂"、"椒"修饰,取芳洁之意。浦:水边。棹:船桨。③箫弄:即弄箫,吹箫的意思。此处暗用萧史和弄玉的典故。汉刘向《列仙传》载:萧史善吹箫,作凤鸣。秦穆公以女弄玉妻之,作凤楼,教弄玉吹箫,感凤来集,弄玉乘凤、萧史乘龙,夫妇同仙去。湘:湘水。汉:汉水。

【评析】 这是一首表现楚地水乡男女互相酬答应和的爱情诗。作品连用四个相同的句式,嵌入四个地名,从空间上铺排恋爱中男女的欢爱场景,语言简洁,节奏轻快。此诗的结构显然是模仿汉乐府《江南》,只是用语略显修饰。诗中虽暗用典故,但含义比较显豁。

其二

要艳双屿里,望美两洲间①。
袅袅风出浦,容容日向山②。

【注释】①要:约会。艳:美女。屿:水中小洲,上有山石。美:即美人。②袅袅:吹拂貌。容容:同"溶溶",和缓貌。

【评析】 此诗表现一对男女约会的情景。前两句写一对恋人相约于两个小岛之间。后两句表达约会延续至日暮。全诗只表明约会地点、时间,但其间男女做什么、想什么,概未涉及,给读者留下无限的想象空间,显得含蓄隽永。前两句对仗比较工整,但上下联表达同一个意思,即合掌,后来虽被视作一种诗病,但在南北朝诗歌中十分常见。

赠范晔诗[1] 陆凯

折花逢驿使，寄与陇头人[2]。
江南无所有，聊[3]赠一枝春。

【作者简介】 陆凯（？—504 年？），字智君，北魏代（今河北涿鹿）人，鲜卑族。出身名门，祖父陆俟官拜征西大将军，父兄均为朝廷命官。十五岁官拜给事黄门侍郎，身居要职数十年，为人忠厚，刚正不阿。与南朝著名史学家、文学家范晔友好，常书信来往。

【注释】 ①范晔：字蔚宗，顺阳山阴（今河南淅川县）人，南朝宋史学家。《荆州记》："陆凯与范晔交善，自江南寄梅花一枝，诣长安与晔，兼赠诗。"唐汝谔《古诗解》云："晔为江南人，陆凯代北人，当是范寄陆耳。"关于此诗的作者和本事都有争议。②驿使：传递公文、书信的人。陇头人：指远戍边关的人。陇头：即陇山，古乐府有《陇头歌》写征人的辛苦。③聊：姑且。

【评析】 此诗以一个折花寄赠的动作表现了对友人的深厚情谊。折花寄赠表达相思的习俗不知起源于何时，南北朝时折花寄赠已成为诗歌中表达相思的意象，如民歌《西洲曲》："忆梅下西洲，折梅寄江北。"又梁武帝《子夜吴歌》："兰叶始满地，梅花已落枝。持此可怜意，摘以寄心知。"折花在手，遥想征戍的友人，想念之情溢于胸，恰好驿使路过，折花人该是多么欣喜！远征之人一定在为乡愁所折磨，如果能感受到故乡春天的气息，该是多么大的慰藉！折花人最了解征人的内心世界，他明白，一枝花，是故乡的整个春天，比一切都珍贵，相比而言，江南的其他东西都相形见绌。由此可见折花人与朋友心心相印的情谊、对朋友绵绵不断的思念。

寄行人[①] 鲍令晖

桂吐两三枝，兰开四五叶。
是时君不归，春风徒笑妾。

【作者简介】 鲍令晖，生卒不详，南朝宋东海（今山东郯城）人。鲍照之妹，能诗文，曾有《香茗赋集》，已佚，今存诗七首。钟嵘称其诗“往往崭绝（文笔峭拔）清巧（清新奇巧），拟古尤胜”。

【注释】 ①行人：出行在外的人。

【评析】 此诗表达对远行之人的思念和春归人未归的怅惘。前两句是写早春的景色，“两三枝”与“四五叶”写出了对春天的期待，也是对远行者伴随春天的脚步一起回归的期待。诗中最值得回味的是“笑”字：在思念的人看来，春风为什么而发笑？是笑“我”的心思泄露？笑“我”的痴情？还是笑“我”等待的无果……一个“笑”字，写出了等待者复杂的心绪。

春诗二首（选一首） 王俭

兰生已匝地[①]，萍开欲半池。
清风摇杂花，细雨乱丛枝。

【作者简介】 王俭（452年—489年），字仲宝，南朝宋齐时琅邪临沂（今山东临沂）人。宋孝武帝时袭封豫宁县侯，明帝时尚阳羡公主，拜驸马都尉，官至侍中。后辅齐高帝受禅，诏策皆出其手，因功改封南昌郡公，累迁侍中、尚书令。今存诗八首，其中几首五言诗多写春景，时或流露光阴逝去的感慨。

【注释】①匝地：遍地。匝：遍。

【评析】 原诗共两首，此为第一首。全诗描写了生机勃勃的仲春之景。诗中罗列了一组景象，看似未加提炼，但对景物的选择颇为用心，共同传达出仲春时节大自然的勃勃生机。

玉阶怨① 谢朓

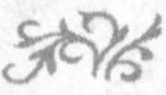

夕殿下珠帘②，流萤飞复息。
长夜缝罗衣③，思君此何极。

【注释】 ①玉阶怨：宋郭茂倩《乐府诗集》收入《相和歌辞》，所存歌辞主要写宫怨。②珠帘：用珍珠串成的帘幕。③罗衣：轻软丝织品制成的衣服。

【评析】这是一首宫怨诗，表达宫中女子被君王冷落的幽怨。诗中的时间从黄昏延伸至深夜，情感则从期待发展到绝望。夜幕降临，宫人放下珠帘，这个动作并非表示入眠的开始，而是意味着期待的结束，宫人终于确认，宫中唯一的男性即君王今夜不会来临。流萤的“飞”与“息”是写时间的延续，并表示夜已至深。从放下珠帘到流萤飞息这段时间，宫人是在缝制罗衣中度过的。深夜缝制衣服，并非出于急需，而是出于无聊。诗直至最后才点题，并道出宫人由绝望而生出的幽怨情感。

王孙游[1] 谢朓

绿草蔓如丝，杂树红英[2]发。

无论君不归，君归芳已歇[3]。

【注释】 ①王孙游：乐府诗，宋郭茂倩《乐府诗集》录入《杂曲歌辞》。“王孙游”语出《楚辞·招隐士》“王孙游兮不归，春草生兮萋萋”。②蔓：蔓延。红英：红花。③歇：停止。

【评析】 诗的前两句写春天的景色，红绿相互映衬，色彩斑斓，生机勃勃。后两句表达女子在等待中寂寞老去的忧叹。色彩斑斓的春景，不仅不能使思念中的女子感到欣喜，反而激起无尽的伤感。她由绿草、红花的灿烂联想到了自己的容颜，正当盛年，却无人陪伴，无人欣赏，最终会像绿草、红花一样日渐衰败。哪怕思念的人此时回来，她也已经在思念中日渐衰老，更何况对方此时没有回来。这是一种怎么样的绝望与哀伤！

别诗 张融

白云山上尽，清风松下歇。

欲识离人悲，孤台见明月[1]。

【作者简介】 张融（444 年—497 年），字思光，南朝齐吴郡（今江苏苏州）人。出身世族大家，南朝宋时为新安王参军，出为封溪令，改任仪曹郎。入齐后官至司徒兼右长史。其言行诡怪狂放，其文也怪异偏激，与众不同。代表作《海赋》构思奇特，今存诗五首，明张溥辑有《张长史集》。

【注释】 ①离人：离别的人。

【评析】 此诗写离别之悲。开头两句既是现实景物的描写，同时也兼起兴，引出后面的抒情。言下之意是，山上的白云逐渐消尽，松下的清风逐渐停息，表达时间的推移，暗示分别之艰难；言外之意是，山上的白云都已飘走，松下的清风也已停息，人的离别之悲却仍然萦绕心头，迟迟不见消散。由一二句暗示的时间推移至诗的第四句依然在延续，此时白天进入夜晚，离别之悲依旧，由此可见其沉重。诗中的山上之白云、松下之清风及孤台之明月不仅是暗示时间推移的时间意象，还是空间意象，三者共同营造出一个宁静、澄澈的离别情景。明张溥以该诗中的意象称赞张融："白云清风，孤台明月，想见其人。"

欢闻歌[①] 梁武帝萧衍

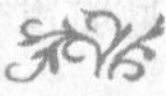

南有相思木，合影复同心[②]。
游女不可求，谁能息空阴[③]。

【注释】 ①欢闻歌：南朝乐府吴声歌曲，宋郭茂倩《乐府诗集》录入《清商曲辞》，并引南朝陈智匠《古今乐录》说："《欢闻歌》者，晋穆帝升平初歌，毕辄呼'欢闻不'，以为送声，后因此为曲名。"②相思木：树木名。南朝梁任昉《述异记》卷上载："昔战国时诸侯苦秦之难。尝有民从征戍秦，久不返，妻思而卒。既葬，塚上生木，枝叶皆向夫所在而倾，因谓之相思木。"合影：或作"含情"。同心：双关，以树木年轮之同心喻指男女情投意合。

③游女：出游的女子，语出《诗经·周南·汉广》："汉有游女，不可求思。"汉代郑玄笺："贤女虽出游流水之上，人无欲求犯礼者。"空阴：本意为树阴下无人，此为双关，谐"空音"，即没有消息。

【评析】 此诗充分借鉴南朝民歌中起兴、双关等技法表现失恋的哀伤。第一二句为起兴，相思木的本事、故事及"同心"一语的双关义，都会将读者引向男女恋情的思路上来。第三四句直接抒发失恋的哀伤，又使用双关的手法，以"空阴"谐"空音"，既呼应前面的相思木，又暗示没有得到对方消息。该诗以新奇巧妙的手法表现男女恋情，让人耳目一新。

诏[1]问山中何所有赋诗以答　陶弘景

山中何所有？岭上多白云。
只可自怡悦[2]，不堪持赠君。

【作者简介】 陶弘景（456 年—536 年），字通明，谥贞白先生。南朝丹阳秣陵（今江苏南京）人。南朝齐梁时期道教茅山派代表人物，也是著名医学家。齐时曾为诸王侍读，后退隐茅山，不与世交。梁代齐，梁武帝曾多次派人向他咨询朝廷大事，时人称为"山中宰相"。

【注释】 ①诏：帝王所发的文书命令。②怡悦：取悦，喜悦。

【评析】 梁武帝曾亲拟御诏请陶弘景出山辅政，诏书说："心中何所有？卿何恋而不返？"接到诏书，经过一番深思，陶弘景提笔写下此诗作答。全诗表达诗人怡悦山林，不事王侯的高逸情怀。白云对于一个隐逸山林的人而言，其无牵无挂、飘忽不定的自由自在，令其心驰神往；但对于一个身居名利场中的人而言，却毫无价值！因此，二者无法分享对于白云的价值判断。陶弘景以此含蓄地表达自己与梁武帝并非同道，志趣相左，也就拒绝了下山辅政的请求。白云后来成为隐士形象的隐喻。

蜀道难[1] 梁简文帝萧纲

建平督邮道，鱼复永安宫[2]。
若奏巴渝曲，时当君思中[3]。

【作者简介】 萧纲(503 年—551 年)，字世缵，南兰陵(今江苏常州武进区西北)人。梁武帝第三子，继长兄萧统为太子。“侯景之乱”中，梁武帝被囚饿死，萧纲即位，不久为侯景所害。萧纲是南朝“宫体诗”的创始者和代表诗人。

【注释】 ①蜀道难：汉乐府旧题，宋郭茂倩《乐府诗集》收入《相和歌辞》，并引《乐府解题》说：“《蜀道难》备言铜梁、玉垒(蜀地山名)之阻。”②建平：蜀地名。督邮道：督邮走的路，此指道路僻险。督邮：官名，汉置，代表太守督察县乡，宣达教令，兼司狱讼捕亡。“鱼复”句：春秋时庸国有鱼邑，秦置县，治今重庆奉节东白帝城。三国时蜀汉刘备为吴将陆逊所败，退居于此，改名永安，其营称永安宫。③巴渝曲：古曲调名，即巴渝歌。巴渝：蜀古地名。君思：思君。

【评析】 此诗表达对入蜀友人的牵挂和思念。《蜀道难》古乐府以表现蜀道之艰险为主旨，此诗前两句也写蜀道，但主要不是表现其艰险，而是诗人想象友人入蜀的行程，间接表达对友人的牵挂。后两句直接剖白思念之情，即每当巴渝古曲奏起，就会勾起对入蜀友人的思念。此诗虽翻自古曲，紧扣蜀地展开，但立意大不相同。

春江曲　梁简文帝萧纲

客行只念路，相争渡京口[①]。
谁知堤上人，拭泪空摇手[②]。

【注释】 ①客：远行的人。京口：即今江苏镇江。209年，孙权迁都至此，称为京城。211年迁都建业后，此地改称京口。②堤上人：指住在水边的妓女。

【评析】 此诗描写了一个渡口送别的情景，站在堤上送别的女子边拭泪边挥手，正是这个动作泄露了她复杂的心情。她的眼泪当然是为分别而流淌，因为这是一场注定没有结局的爱情，分别意味着永别。她的眼泪也因为失落而流淌，远行的男子忙于登船，一副急匆匆想要离开的模样，丝毫没有流露出依依不舍的眷恋，这显然刺痛了深情的女子。南朝乐府中的恋情常常显得清怨缠绵，其中很大一部分是写妓女与客商之间的恋情，二者投入的感情不对等，用情专一者自然易生离别之痛、相思之苦。

相送　何逊

客心已百念，孤游重千里[①]。
江暗雨欲来，浪白风初起。

【作者简介】 何逊（472年?—518年），字仲言，东海郯（今山东兰陵县）人。八岁能诗，弱冠举秀才，官至尚书水部郎。后人称“何记室”或“何水部”。诗与阴铿齐名，世称“阴何”。文与刘孝绰齐名，世称“何刘”。其人善于写景，工于炼字，为杜甫所推许。明人辑有《何水部集》一卷。

【注释】①客心：游子之思。孤游：独游。重千里：几千里。

【评析】 此诗表达送行者对远行之人的眷恋与关切之情。前两句通过想象远行之人内心的重重心绪及远行途中的孤单，正面表达送行者对远行者的牵挂。后两句通过描写江景侧面表达送行者对远行者的牵挂。风雨骤至，乌云、白浪不仅给远游者带来了困扰，令送行者担忧，同时也营造出令人压抑的氛围，渲染了离别的气氛。

山中杂诗三首（选一首） 吴均

具区穷地险，嵇山万里余①。
奈何梁隐士，一去无还书②。

【作者简介】 吴均（469年—519年），字叔庠，南朝吴兴故鄣（今浙江安吉）人。梁武帝天监初年，为郡主簿。天监六年（507年）被建安王萧伟引为记室。后又被任为奉朝请。因私撰《齐春秋》，触犯梁武帝，被免职。不久奉旨撰写《通史》，未及成书即去世。其诗文以描写山水景物见长，诗体清拔，时人仿效而作，称为“吴均体”。明人辑有《吴朝请集》。

【注释】 ①具区：即太湖。穷地：僻远之地。嵇山：山名。位于今安徽省宿县西南，相传三国魏嵇康居此。②奈何：为什么。梁隐士：姓梁的隐士。

【评析】 此诗原有三首，实际上是一组游仙诗，前二首想象梁隐士居住环境的宁静、清幽及隐居生活的情景。此为第三首，抒发对梁隐士的思念之情。诗的前两句是说与梁隐士相距遥远，且道路艰险，暗示思念之情。后两句则是以盼望其书信来直接表达思念之情。情感的表达由隐至显，由弱至强。

折杨柳枝四首[①]（选一首） 梁乐府辞

上马不捉鞭，反拗杨柳枝[②]。
下马吹横笛，愁杀行客儿[③]。

【注释】 ①折杨柳枝：即“折杨柳枝歌”，或作“折杨柳歌”，宋郭茂倩《乐府诗集》收入《横吹曲辞》。《折杨柳》古曲传说由汉代李延年改编张骞从西域带入的《德摩诃兜勒曲》而成，为武乐，已亡佚。晋太康末，京洛有《折杨柳》歌，多言征人劳顿之苦。现存南北朝《折杨柳歌辞》五首、《折杨柳枝歌》四首等，不论是写爱情还是写北地的生活，皆情感豪放率真，风格质朴刚健。②捉鞭：手握马鞭。反：反而。拗：折。③行客儿：出征的人，出游的人。

【评析】 此诗为北朝民歌，原诗有四首，此为第一首。全诗通过折柳和吹笛两个动作的描写表达征人与家人依依惜别的情景。上马就应该挥鞭策马，征人手不握鞭，自然是不想上路，他反而转身去折一枝柳送给送行的家人。折杨柳是古代风俗，“柳”与“留”谐音，折柳相送意味着留恋不舍。征人本已勉强上马，却依依难舍，无法成行，索性再下马吹起横笛，以宣泄其离别的哀思。折柳相送之际，本已惆怅不已，笛声响起，更是愁绪萦怀。

敦煌乐[1] 温子升

客从远方来，相随歌且笑。
自有敦煌乐，不减安陵调[2]。

【注释】 ①敦煌乐：西凉乐的一种，宋郭茂倩《乐府诗集》收入《杂曲歌辞》并录诗三首，皆表达思归之情。②不减：不次于，不比……差。安陵调：中原乐。安陵：今河南鄢陵西北。

【评析】 此诗表达一个客游中原的人对故乡敦煌的思念。抒情的主人公可能是一个从敦煌来的歌伎，就在她伴随中原音乐歌唱和欢笑时，压抑在心底的思乡之情却在不经意之中被触发出来，随即发出一声感叹：我们故乡敦煌的音乐不比中原的音乐逊色啊！全诗写思乡之哀愁却从欢乐的场面切入，第三四句陡然一转，转而强调对敦煌乐的喜爱。读者起初还摸不着头脑，但细细一想，就会领悟到其中的情感逻辑。全诗不言思乡，但思乡之情溢于言表。

和侃法师别诗三首[1]（选一首） 庾信

客游经岁月，羁旅故情多[2]。
近学衡阳雁，秋分俱渡河[3]。

【注释】 ①题或作“和侃法师三绝”。和：唱和，依照他人诗词的题材、体裁及韵脚等创作诗词。法师：指精通佛经并能讲解佛法的高僧，也用作对僧人的尊称。②羁旅：客居他乡，此时庾信和侃法师都在长安。故情：旧情。③衡阳雁：湖南衡阳南有回雁峰，相传大雁从北方迁徙至此便停留下来，不再南飞。《地记》载："衡山一峰极高，雁不能过，遇春北归，故名回雁。"秋分：二十四节气之一。河：黄河。

【评析】 原诗共三首，此为第二首。诗人在异乡长安与南归故国的友人道别，值此特殊的时空，自然流露出思乡之情。前两句写友人也是写自己，羁留他乡，心中充满对旧情旧事的回忆。后两句叙写友人随大雁南行，渡过黄河，前往江南。诗人看似不动声色，实际上内心涌动着羁旅的愁闷和返回故乡的渴望。

春江花月夜二首[①]（选一首） 隋炀帝杨广

暮江平不动，春花满正开。
流波将[②]月去，潮水带星来。

【作者简介】 杨广（569年—618年），弘农华阴（今陕西华阴）人，隋文帝第二子，立为太子，因所行无道，将废，遂弑父自立。即位后三征高丽，开运河，游江都，酿成大乱，被大臣宇文化及所杀，谥炀。今存诗七首，其人虽生活骄淫，但诗作并不浮艳。《隋书》评其诗"并存雅体，归于典则"。

【注释】 ①春江花月夜：乐府旧题，曲调相传为陈后主所创。《旧唐书·音乐志》载："《春江花月夜》、《玉树后庭花》、《堂堂》，并陈后主所作。叔宝常与宫中女学士及朝臣相和为诗，太乐令何胥又善于文咏，采其尤艳丽者，以为此曲。"原题是以艳情为主题的宫体诗，但陈后主之作今佚，宋郭茂倩《乐府诗集》所录该题诗作都已褪去宫体色彩，集中于景物描写。②将：携带。

【评析】 原诗共两首,此为第一首。全诗描写春江夜景,风格清丽。此诗第一句切题总起，强调江流的平缓来表现江景的宁静，由此奠定全诗的基调。然后以“满”写江边春花的盛开，再写倒映于江流之中的星光、月光，营造出一个波光粼粼的奇幻世界。此诗承陈后主，但在题材和主题上完全突破旧题；此诗亦启发了唐代张若虚。张若虚《春江花月夜》的写景格局及江景格调显然受到本诗的启发,其被后世誉为“孤篇绝横”，杨广功不可没。

于长安还归扬州九月九日薇山亭赋韵[①] 江总

心逐南云逝，形随北雁来。
故乡篱下菊[②]，今日几花开?

【注释】 ①九月九日:即重阳节,古人有重阳节登高的习俗。②篱下菊:语出陶渊明《饮酒》“采菊东篱下，悠然见南山”。

【评析】 此诗是诗人入隋后放归扬州途中于重阳节登高时所作。作品先写归乡的急切心情，然后集中笔墨于一点，即对家乡菊花开放与否的关切，以点带面，由小及大，以表现思乡之情切。诗人为什么偏偏关切菊花呢?重阳节正是菊花开放之时,古人有赏菊花、饮菊花酒的风俗,另外，自陶渊明诗歌之后，文人往往以东篱菊暗示隐逸的生活。诗人正值放归故乡，眼看即将过上闲居隐逸生活，因此种种，想到了菊花。

夏晚　薛道衡

流火稍西倾，夕影遍曾城①。
高天澄远色，秋气入蝉声②。

【作者简介】 薛道衡（540年－609年），字玄卿，河东汾阴（今山西万荣县）人。历仕北齐、北周和隋朝，官至司隶大夫，为隋炀帝所杀。现存诗二十余首，颇受南朝影响，风格委婉清丽。

【注释】 ①"流火"句:"火"指大火星，夏历五月黄昏时火星在中天，七月则由中天逐渐西降，故称流火，后多指农历七月暑热渐退秋凉将至之时。夕影：夕阳。曾城：高大的城阙。②澄：透明。秋气：秋天的清凉之气。

【评析】 此诗写夏末秋初傍晚的景色。诗人敏锐地捕捉到了刚刚显露出来的秋意——天空因为暑热退去，能见度加大，变得高远澄澈；蝉声也渐弱，不再像盛夏那样单调聒躁，让人厌烦。

别诗二首　梁元帝萧绎

其一

别罢花枝不共攀，别后书信不相关。
欲觅行人寄消息，依常潮水暝应还①。

【作者简介】 萧绎（508年—555年），字世诚，自号金楼子，南朝梁南兰陵（今江苏常州）人。梁武帝萧衍第七子，梁简文帝萧纲之弟。曾封湘东王，历仕会稽太守、丹阳尹、荆州刺史等。“侯景之乱”中，梁武帝、简文帝先后遇害，萧绎平定“侯景之乱”，在江陵继位。不久，江陵为北周所破，萧绎死于乱兵之中。萧绎博览群书，才思敏捷，下笔成章，冠绝一时。著有大量学术著作，如《金楼子》，还能诗善画，现存诗一百二十余首。

【注释】 ①行人：指使者。依常：按照惯例。暝：指傍晚。

【评析】 这是一首闺怨诗。前两句表达别后的孤单和相思。后两句是因为相思而生的种种排解方法，先是想托使者带去消息，显然落空了。此时看到潮来潮往，从不误时，便忽发奇想，如果潮水是信使就好了。构思新奇！

其二

三月桃花合面脂，五月新油好煎泽①。
莫复临时不寄人，漫道江中无估客②。

【注释】 ①桃花合面脂：面脂呈桃红色，或配方中有桃花，故言。面脂：滋润面部的油脂。泽：指发油一类的化妆品。②莫复：不要再。临时：事到临头。漫道：莫说，不要说。估客：行商。

【评析】 提醒对方不要忘了自己，应该是恋人之间常有的事。此诗中的女子是如何提醒对方的呢？男子赠送化妆品给心上人，大概自古皆然。诗中的女子对男子说，三月，新的面脂上市了，五月，新的发油上市了，你到时可千万别忘记了给我寄，却说什么江边没有行商，买不到货。以恋人间的这种日常小事传达出女性对男性变心的担忧和对对方的提醒，新颖巧妙！

挟瑟歌[①] 魏收

春风宛转入曲房，兼送小苑百花香[②]。
白马金鞍去未返，红妆玉箸下成行[③]。

【作者简介】 魏收（505年—572年），字伯起，北朝钜鹿下曲阳（今河北晋县）人。历仕北魏、东魏、北齐三朝。官至尚书右仆射、太子少傅。去世后追赠为司空、尚书左仆射，谥文贞。北魏末曾典起居注，后兼中书舍人，北齐时除中书令兼著作郎并受命撰魏史。与温子升、邢邵并称“北地三才子”，存诗十余首。

【注释】 ①挟瑟歌：南朝诗人沈约《古意诗》有“挟瑟丛台下，徙倚爱容光”之句，句首二字即“挟瑟”，该诗也是写女子的相思。挟瑟：意即带着瑟。②宛转：辗转。曲房：内室。③红妆：本指妇女的盛装，代指美女。玉箸：本指玉制的筷子，后喻眼泪。

【评析】 这是一首闺怨诗。女子身处曲折幽深的闺阁之中，然而春风无孔不入，无处不在，送来阵阵花香，将压抑在女子内心的情愫唤醒了。可是，她那骑白马配金鞍的心上人一去不返，她只有苦涩的泪水相伴。

代人伤往二首（选一首） 庾信

杂树本唯金谷苑[①]，诸花旧满洛阳城。

正是古来歌舞处，今日看时无地行。

【注释】 ①金谷苑：西晋石崇的别墅，在洛阳附近的金谷涧中，石崇常与当时的文人贵显在此宴饮游乐。

【评析】 原诗两首，第一首感叹父子相失、夫妻离别，此为第二首。这是一首咏史诗，抒发由盛转衰的感叹。此诗题为“伤往”，往事是什么？是昔日柏木森森的金谷涧、一度繁花遍地的洛阳城，现在沦为一片荆棘，无处容足，还有曾经在这里歌舞的人，难觅踪迹。此诗借洛阳的盛衰表现一个时代的盛衰，将昔日的繁华与现在的寂寥进行对比，思索历史的发展规律，抒发末世的伤悼情绪。唐代刘禹锡、杜牧等的咏史怀古诗往往走这个路子。

怨诗二首 江总

其一

探桑①归路河流深，忆昔相期柏树林。
奈许新缣伤妾意？无由故剑动君心②。

【注释】 ①探桑：即采桑。②奈：忍受。许：这般。新缣：汉乐府《上山采蘼芜》：“新人从门入，故人从阁去。新人工织缣，故人工织素。织缣日一匹，织素五丈余。将缣来比素，新人不如故。”后以“新缣”指得宠或新娶的妻子，以“故素”指失宠或被抛弃的妻子。故剑：《汉书·外戚传上·孝宣许皇后》载，汉宣帝即位前曾娶许广汉之女君平，及即位，封其为婕妤。当时公卿议立霍光之女为皇后，宣帝乃下诏求微时故剑。群臣知其意，乃议立许氏为皇后。后因以“故剑”指元配之妻。

【评析】 这是一首弃妇诗。弃妇采桑归途中路过一条深深的河流，河边的柏树林就是当初她和前夫约会的地方。触景生情，她想起了昔日的恋情；时过境迁，她仍然无法抑止被抛弃的伤痛。作品先设置一个特殊的情景，让读者去窥见弃妇内心世界的深处；然后是直抒胸臆，即采用两个典故，一个是丈夫抛弃元配另觅新欢，一个是男子不忘故旧，以此来表现弃妇内心的绝望与期许。

其二

新梅嫩柳未障羞，情去恩移那可留①。
团扇箧中言不分，纤腰掌上讵胜愁②。

【注释】 ①羞：羞愧。那：即“哪”。②团扇：汉代班婕妤《怨歌行》借咏团扇秋天见弃抒发被君王冷落的哀叹。箧（qiè）：箱子。“纤腰”句：大意是赵飞燕体轻腰细能舞于掌上，因此得宠，可是，她最终还是失宠了，她的细腰怎么承受失宠之愁怨的重负！讵：岂，怎么。

【评析】 这是一首宫怨诗，表达宫中女子失宠的幽怨。前两句表达失宠的羞愧与绝望。面对新梅嫩柳萌发的大好春天，心中被抛弃的痛苦依然无法得到缓解。后两句以班婕妤、赵飞燕二人的史事表达女人被帝王抛弃的宿命。班婕妤被赵飞燕所取代，然而，赵飞燕最终也失宠了。至此，读者仿佛感受到了诗人对于男性情感不专的批评，和对宫廷这个特殊环境中女性与唯一的男性即帝王之间爱情的宿命结局的绝望。

卷四 五言古诗一（汉至晋）

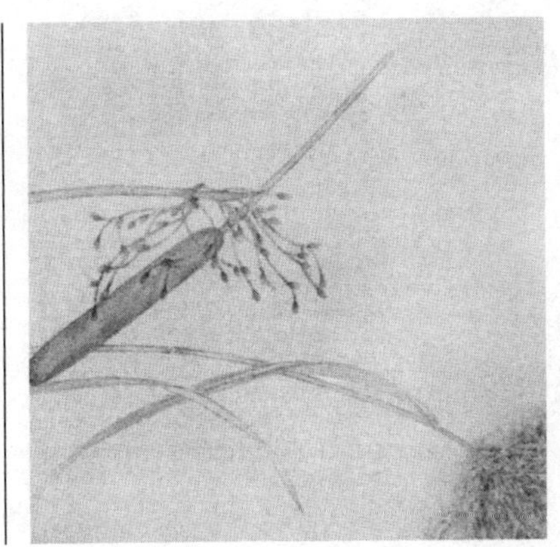

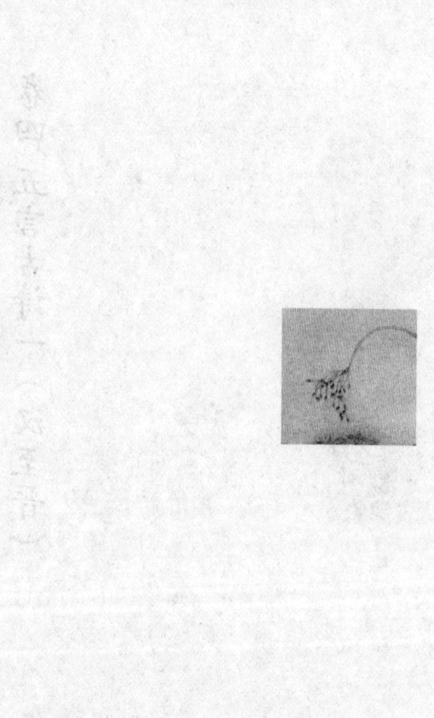

古诗十九首[1]（选十五首）

行行重行行[2]

行行重行行，与君生别离。
相去万余里，各在天一涯。
道路阻且长，会面安可知？
胡马依北风，越鸟巢南枝[3]。
相去日已远，衣带日已缓[4]。
浮云蔽白日，游子不顾返。
思君令人老，岁月忽已晚。
弃捐勿复道，努力加餐饭[5]！

【注释】 ①此组诗最早收入萧统《文选》时冠名“古诗十九首”，后人沿此称呼。《文选》也不署其作者，作者大概是东汉末社会底层的文士。②行行重行行：此以首句为标题。行行：动词重叠，意即走啊走。重：又。③“胡马”、“越鸟”二句：意即北方的马来到南方依然眷恋北风，南方的鸟来到北方依然筑巢于南向的树枝。④“衣带”句：意即因为思念而消瘦，衣服也就显得大了。⑤“弃捐”、“努力”二句：意即算了，不说吧，还是多吃饭以保重身体。捐：弃。

【评析】 此诗写一个闺中女子思念远行异乡的丈夫。先追叙分别，然后极写两地相距之远、道路之险；再以胡马、越鸟寄托自己盼望对方回归故乡的心愿，最后感叹岁月流逝、红颜衰老。说是不怨，其实只是万般无奈之际的自我宽慰，实际上内心充满无限的哀怨。

青青河畔草

青青河畔草，郁郁①园中柳。
盈盈楼上女，皎皎当窗牖②。
娥娥红粉妆，纤纤出素手③。
昔为倡家女，今为荡子妇④。
荡子行不归，空床难独守。

【注释】 ①郁郁：茂盛貌。②盈盈：形容举止姿态美好。牖：窗户。③娥娥：美好貌。纤纤：细长柔美貌。素：白色。④倡家女：歌伎。荡子：游子。

【评析】 此诗写一个闺中少妇春日登楼远眺，无限春光激起了她对丈夫的思念。诗的前六句写少妇登楼。其中前两句是以写景起兴，也是少妇登楼看到的景色。她眺望的应该是丈夫离去的方向，但目之所及，近处是茂盛的柳丝，远处是无边无际的青草，就是不见丈夫的身影，其内心的绝望情绪油然而生。《楚辞·招隐士》有“王孙游兮不归，春草生兮萋萋”之句，又“柳”与“留”谐音，看似两个平常景物，其实都蕴含思念的信息。对少妇登楼情景的呈现就像一台摄像机在将焦距逐渐拉近，最后聚焦于少妇，并给了脸和手一个特写，以表现她的盛妆和美丽。可是，丈夫不在身边，又有谁欣赏？后四句是少妇的感叹。春天应该是尽情行乐的季节，无限春光让人春心萌动，她却与丈夫分隔两地，也许不只是此年春天，甚至年年都在分离和思念中度过，岂不是辜负了青春年少，也就难怪她生出“空床难独守”的哀叹。

青青陵上柏

青青陵上柏，磊磊①涧中石。
人生天地间，忽如远行客②。
斗酒相娱乐，聊厚不为薄③。
驱车策驽马，游戏宛与洛④。
洛中何郁郁，冠带自相索⑤。
长衢罗夹巷⑥，王侯多第宅。
两宫遥相望，双阙⑦百余尺。
极宴娱心意，戚戚何所迫⑧？

【注释】 ①磊磊：众多委积貌。②远行客：意即过客，因离家远行，只暂住，不久便归去。③斗酒：指酒很少。斗：酒具。不为薄：不以为薄。④驽马：不能快跑的劣马。宛与洛：南阳和洛阳。⑤郁郁：繁华。冠带：帽子和带子，借指官吏。自相索：意即往来不绝。⑥长衢：大道。罗：排列。⑦双阙：皇宫门前两边供瞭望的楼。⑧极宴：意即尽情宴饮。戚戚：忧伤。

【评析】 此诗表达由人生短促的感慨引发的及时行乐的主张。诗的开头写“陵上柏”和“涧中石”，就眼前景近取譬，以象征永恒，二者又构成复沓，与下文“远行客”形成反比，显示人生的短促。如何消解人生短促带来的心理焦虑，诗中主张宴饮、游戏。宴饮不必计较酒的厚薄，愉悦身心就行了；游戏是无所作为，就不必计较马的快慢，置身繁华就足够了。这应该是身处底层的文人找不到出路时的愤激之辞，也显示出他们对于人生价值的理解，虽然显得有些颓废。

今日良宴会

今日良宴会，欢乐难具陈①。
弹筝奋逸响②，新声妙入神。
令德唱高言，识曲听其真③。
齐心同所愿，含意俱未申④。
人生寄一世，奄忽若飙尘⑤。
何不策高足，先据要路津⑥。
无为守穷贱，轗轲⑦长苦辛。

【注释】 ①具陈：全部说出来。②奋：发出。逸响：超越寻常的声音。③令德：贤德之人，此指歌者。高言：高妙的言辞，此指歌词。识曲：能听懂音乐的人。真：乐曲中的真意。④齐心同所愿：意即大家想的都是这样。含意：指下文抒发由听乐产生的感慨。申：说出来。⑤奄忽：迅疾貌。飙：暴风。⑥策：鞭打。高足：指快乐。据：占领。要路津：重要的道路、渡口，此指显要的职位。⑦无为：不要。轗（kǎn）轲：古同“坎坷”，本指路不平，此喻不得志。

【评析】 这是一个不得志的人在听乐时产生的一番感慨。作品先述写一番宴饮时的欢乐场景，然后转向感慨的抒发：人生不过百年，如何度过？即人生价值如何实现？此诗中的抒情主人公给出的答案是及早谋取富贵功名。显然，这也是失意的下层文人的牢骚话。

西北有高楼

西北有高楼，上与浮云齐。
交疏结绮窗，阿阁三重阶①。

上有弦歌声，音响一何悲！
谁能为此曲？无乃杞梁妻②。
清商随风发，中曲正徘徊③。
一弹再三叹，慷慨④有余哀。
不惜歌者苦，但伤知音稀⑤。
愿为双鸿鹄⑥，奋翅起高飞。

【注释】①交疏：交错镂刻。疏，镂刻。绮：有细纹的丝织物。阿阁：四周有檐的楼阁。三重阶：三重台阶，是说楼阁比较高。②无乃：恐怕是，莫非。杞梁妻：据《左传·襄公二十三年》载，杞梁，名殖，字梁，春秋时齐国大夫，伐莒，战死城下。其妻临尸痛哭十日，连城都被其哭塌了。③清商：乐曲名，声调比较清越。中曲：曲子的中间部分。徘徊：指乐曲回环往复。④慷慨：情绪激昂。⑤不惜：不同情。知音：本指懂音乐的人，引申为知心的人。⑥鸿鹄：大雁与天鹅。

【评析】 此诗是一个飘零在外的游子感叹知音难觅，无人理解他的内心。也许是偶然听到的一阵音乐声，却撩动了游子的全部心绪。“知音稀”的伤叹可以为读者进入游子的内心世界提供一把钥匙。他可能求助无门，饱经世态炎凉，于是，他的心变得脆弱与敏感起来。表面上是这个游子在怜惜他人，实际上是在怜惜自己。作品由听人弹琴之事的叙述不动声色地转换到听者内心世界的描写，自然巧妙。

涉江采芙蓉

涉江采芙蓉，兰泽多芳草①。
采之欲遗②谁，所思在远道。
还顾望旧乡，长路漫浩浩③。
同心而离居，忧伤以终老。

【注释】 ①芙蓉：即荷花。兰泽：生长兰草的低湿之地。②遗：赠送。③漫浩浩：指路途遥远。

【评析】 此诗是写游子对故乡和亲人的思念。作品由采芙蓉起兴，引出远隔故土与亲人心同而身隔的感慨。古代有采摘香草赠人以寄托相思的传统，由此引出思念之情，自然而然。心相通，身阻隔，《古诗十九首》屡屡言及，这种痛苦大概比身心两隔更令人痛苦。

明月皎夜光

明月皎夜光，促织①鸣东壁。
玉衡指孟冬，众星何历历②。
白露沾野草，时节忽复易。
秋蝉鸣树间，玄鸟逝安适③？
昔我同门友，高举振六翮④。
不念携手好，弃我如遗迹⑤。
南箕北有斗，牵牛不负轭⑥。
良无盘石固，虚名复何益⑦？

【注释】 ①促织：蟋蟀。②玉衡：北斗，其斗柄指向西北方向，即是初冬。孟冬：初冬。历历：分明貌。③玄鸟：燕子。逝：离去。安适：到哪里。④六翮：指羽翼。⑤携手好：指昔日携手同游的友情。遗迹：指行走时留下的足印。⑥“南箕”句：出自《诗经·小雅·大东》：“维南有箕，不可以簸扬。维北有斗，不可以挹浆。”意即南箕、北斗等星徒有其名。“牵牛”句：语出《诗经·小雅·大东》：“睆彼牵牛，不以服箱。”义同“南箕”句。轭：驾车时搁牛颈上的曲木。⑦盘石：大石头。虚名：指徒有同门友的名义。

【评析】 这是一个失意者对世态炎凉的怨愤。从“明月皎夜光”至“玄鸟逝安适”为第一节，抒情主人公伫立秋末冬初的清凉月夜，目之所及的景物让他感受到时节的变换。而且，秋蝉被惊扰而鸣叫，燕子无归依而夜飞，触动了他心底无所归依的漂泊感。从“昔我同门友”至结尾为第二节，抒情主人公感叹人情的反复无常。显然，他将自己无所归依的原因归结于朋友的冷漠，由此生出无限的悲凉。在他看来，虽为同门，不施援手，徒有虚名，又有何益！作品第一节写景，第二节抒情，看似脱节，其实暗合。描写秋景奠定的冷清氛围为后面的抒情奠定了基调，描写星空的作用不仅在于指明时间，更重要的是为后面由南箕、北斗生出虚名何益的感叹做了铺垫。

冉冉孤竹生

冉冉孤生竹，结根泰山阿①。
与君为新婚，兔丝附女萝②。
兔丝生有时，夫妇会有宜③。
千里远结婚，悠悠隔山陂④。
思君令人老，轩车⑤来何迟！
伤彼蕙兰花，含英扬光辉。
过时而不采，将随秋草萎。
君亮执高节，贱妾亦何为⑥！

【注释】 ①冉冉：柔弱下垂貌。结根：扎根。阿：山坳。②“兔丝”句：喻指夫妻恩爱缠绵。兔丝：一种蔓生植物。女萝：即松萝，多附生于松树，呈丝状下垂。③宜：适当的时间。④悠悠：遥远貌。陂（bēi）：山坡。⑤轩车：士大夫所乘有屏障的车子。⑥亮：通“谅”，想必。高节：高尚的节操。何为：何必抱怨的意思。

【评析】 这是一个婚后女子因与丈夫久别而生出的哀怨和自我慰藉。前四句回顾当初结婚时的恩爱。以竹扎根于泰山之坳起兴，引出二人的美满婚姻，然后又以兔丝子与女萝相互缠绕，呼应首二句，共同表达夫妻二人的缠绵情意。接着顺势以兔丝子适时而生，引出夫妻远隔千里，不能适时而会的冰冷现实。以下八句抱怨离别，感叹衰老，最终归于无可奈何的自我慰藉。

迢迢牵牛星

迢迢牵牛星，皎皎河汉女①。
纤纤擢素手，札札弄机杼②。
终日不成章，泣涕零如雨③。
河汉清且浅，相去复几许④。
盈盈一水间，脉脉不得语⑤。

【注释】 ①迢迢：遥远貌。皎皎：光明貌。河汉女：即织女星。河汉：即银河。②擢：摆动。札札：织机声。机杼：织布机上的梭子。③章：布帛上的纹理。零：落。④几许：多少。⑤盈盈：水清浅貌。脉脉：同"眽眽"，凝视貌。

【评析】 此诗是发挥《诗·小雅·大东》牵牛和织女的传说，描写织女与牛郎为银河阻隔所导致的思念之苦。诗中特别强调阻隔二人的银河清且浅，二人只能相望不能相语，反而强化这种可望不可即的痛苦的深重。

回车驾言迈

回车驾言迈，悠悠涉长道①。
四顾何茫茫②，东风摇百草。
所遇无故物，焉得不速老③。

盛衰各有时，立身[4]苦不早。
人生非金石，岂能长寿考[5]。
奄忽随物化，荣名以为宝[6]。

【注释】 ①回车：调转车头。驾：驾御。言：助词，无义。迈：远行。悠悠：远貌。涉：经历。②茫茫：无边无际貌。③“所遇”、“焉得”二句：意即目之所及，一切都发生了变化，人怎么可能不变老？焉得：怎能。④立身：指建功立业。⑤长寿考：长寿。考：老。⑥“奄忽”、“荣名”二句：意即倏忽之间，肉体随着死亡而消失，只有美名才最值得珍贵。奄忽：倏忽之间。物化：指死亡。荣名：令名，美名。

【评析】 此诗写一个远行者途中看到一切景物发生了变化并由此产生韶光易逝、功业未就的感慨。东风摇百草的景象为何能够触动抒情主人公的盛衰之叹，内在的逻辑在于物我同构，甚至我与物相比，还存在落差——物，循环往复；我，一去不返。人生痛苦的现实原因在于，不能在只有一次的有限的生命里及早建立功业，显扬美名。

东城高且长

东城高且长，逶迤自相属[1]。
回风动地起，秋草萋已绿。
四时更变化，岁暮一何速！
晨风怀苦心，蟋蟀伤局促[2]。
荡涤放情志[3]，何为自结束？
燕赵多佳人，美者颜如玉。
被服罗裳衣，当户理[4]清曲。
音响一何悲！弦急知柱促。
驰情整巾带，沉吟聊踯躅[5]。

思为双飞燕，衔泥巢君屋。

【注释】 ①逶迤：曲折绵延貌。相属：相连。②局促：短促，紧迫。③荡涤：清除。放情志：对感情不加约束。放：不加约束。④理：指弹奏。⑤驰情：神往。踯躅：徘徊。

【评析】 此诗是写面对季节更迭、时光飞逝而生出的化解生命短促之痛的遐想。诗人伫立东城高墙之上，秋草萋萋，映入眼帘，风中裹着一丝凉意，蟋蟀的鸣叫带着即将走向生命终点的悲情。他意识到，又是秋去冬来，不由得感叹，时光飞逝，人生苦短啊！此时，他觉得应该放纵一下，不再为人生苦短而哀愁。以上是实写，下面是虚写。虚写部分实际上是一个白日梦：诗人的思绪飞至燕赵，仿佛看到一个美丽的女子，着装华丽，当窗弹琴，瑟声急促而悲伤。诗人不由得心驰神往，想入非非，希望和这位燕赵佳人比翼双飞，同栖同止。此诗以如此奇特的想象化解人生之痛，令人拍案叫绝。

驱车上东门

驱车上东门，遥望郭北①墓。
白杨何萧萧②，松柏夹广路。
下有陈死人，杳杳③即长暮。
潜寐黄泉下，千载永不寤④。
浩浩阴阳移，年命如朝露⑤。
人生忽如寄⑥，寿无金石固。
万岁更相送，贤圣莫能度⑦。
服食求神仙，多为药所误。
不如饮美酒，被服纨与素⑧。

【注释】 ①郭北：城北。郭：外城。②萧萧：草木摇落声。③杳杳：昏暗貌。④寤：睡醒。⑤浩浩：强劲貌。阴阳：即岁月，古人以春夏为阳，秋冬为阴。年命：寿命。⑥忽：迅疾。寄：寄居。⑦“万岁”、“贤圣”二句：意即自古以来包括圣贤都无法超越生死更迭的自然规律。万岁：意即自古以来。更相送：更迭。度：超越。⑧被服：穿着。纨：细绢。素：洁白的绢。

【评析】 这是面对死亡无可逃避的深沉感悟，也是对求仙无益的大彻大悟。不要说是坟墓，就是落叶，都能让人感到触目惊心。此诗产生的东汉末年这个时期，文人对于生命的思考不可谓不深沉，但是，他们始终没有找到真正消解死亡焦虑的有效途径。面对求仙的绝望、死亡的威胁，如何缓解内心的焦虑？诗中开出的药方是及时行乐，尽管消极、颓废，格调不高，但这是当时社会底层文人的普遍意识。

生年不满百

生年不满百，常怀千岁忧①。
昼短苦夜长，何不秉烛②游！
为乐当及时，何能待来兹③。
愚者爱惜费，但为后世嗤④。
仙人王子乔，难可与等期⑤。

【注释】 ①千岁忧：为千年以后的事情担忧。②秉烛：手持蜡烛。③来兹：来年。④费：钱财。嗤：嘲笑。⑤王子乔：东周灵王的儿子，名晋，字子乔，故称王子乔，相传他后来成了仙。等期：作同样长的期待。

【评析】 此诗用及时行乐的人生态度警示和嘲弄那些聚敛财富的吝啬鬼。人生不过百年，却忧及千年，的确荒谬！所谓“千岁忧”到底具体指什么？从后文可以看出，是指那种为后代子孙着想，聚敛财富的想法和行为。此诗不仅指出成仙不切实际、人寿无法延长的现实，嘲弄了忧及千年的愚蠢，犹如当头棒喝，另外还鲜明地提出了自己的人生态度，那就是及时行乐，秉烛游夜。在诗人看来，这才是增加生命质量和长度的有效方式。

孟冬寒气至

孟冬寒气至，北风何惨栗①。
愁多知夜长，仰观众星列②。
三五明月满，四五蟾兔缺③。
客从远方来，遗我一书札。
上言长相思，下言久离别④。
置书怀袖中，三岁字不灭⑤。
一心抱区区⑥，惧君不识察。

【注释】 ①惨栗：寒极貌。②列：排列。③三五：农历十五日。四五：农历二十日。蟾兔：古代神话中说月中有蟾蜍和玉兔，因以二者代指月。④上言、下言：即先说，后说。⑤三岁：三年。灭：消失。⑥区区：诚挚之情。

【评析】 此诗写闺中女子对丈夫的思念和对夫妻之情的珍惜。从开头至“四五蟾兔缺”为第一节，为读者描绘了这样的情景：夜晚，一个女子伫立窗前，从月缺到月圆，从月圆到月缺，她一天天感受着越来越重的寒意，也感受着越来越沉的孤独。从“客从远方来”到结尾，是第二节，诗句聚焦于一封信，这是一封简短的信，女子从袖中掏出来，凝视良久，又小心翼翼地叠起，放回袖中。不论每夜伫立窗前，还是三年珍藏书信，都寄托了女子对丈夫的思念，以及她对爱情的无限执着！

客从远方来

客从远方来，遗我一端绮①。
相去万余里，故人心尚尔②。
文彩双鸳鸯，裁为合欢被③。
著以长相思，缘以结不解④。
以胶投漆中，谁能别离此。

【注释】 ①遗：给予、馈赠。一端：半匹。绮：绫罗一类的丝织物。②故人：此指丈夫。尔：这样。③鸳鸯：古人常以喻夫妇。合欢被：被上绣有合欢的图案。④著：指往被子里填充丝绵。缘：镶边。

【评析】 此诗写一个女子沉浸在爱情的喜悦与甜蜜中。诗的主体是叙述女子在收到远方爱人送来的半匹绫后将其精心裁剪缝制成被的过程。简洁的叙述抓住几个富有表现力的细节，即绣制双鸳鸯、合欢花，装填丝绵，编结以饰，呈现出了女子沉浸在爱情的喜悦中。同时，采用双关的手法，丝绵之“丝”与思念之“思”谐音，以暗含思念之情。“结”一词多义，既指用绫编成的结也指用情编成的结，以暗含无法解开。另外，两次抒情性的穿插，即“相去万余里，故人心尚尔”和“以胶投漆中，谁能别离此”，在揭示人物的内心世界时起到了画龙点睛的作用。

上山采蘼芜① 古诗

上山采蘼芜，下山逢故夫②。
长跪问故夫，新人复何如③？

新人虽言好，未若故人姝④。
颜色类相似，手爪不相如⑤。
新人从门入，故人从阁⑥去。
新人工织缣，故人工织素⑦。
织缣日一匹⑧，织素五丈余。
将缣来比素，新人不如故。

【注释】 ①此以首句为标题。蘼芜（mí wú）：即芎䓖，叶有香气。②故夫：前夫。③长跪：直身而跪。古时席地而坐，坐时两膝着地，臀部落在足跟上；跪则伸直腰股，以示庄敬。新人：指新娶的妻子。何如：怎么样。④故人：指弃妇。姝（shū）：好。⑤颜色：指容貌。手爪：指纺织等手艺。不相如：比不上。⑥阁：大门旁的小门。⑦工：擅长。缣（jiān）：黄色绢，价值较贱。素：白色绢，价值较高。⑧匹：长四丈。

【评析】 这是一首弃妇诗。弃妇美丽灵巧，却无端被弃。男子显然喜新厌旧，如今则充满悔意。作品截取生活中一个富有戏剧性的场面来表现弃妇与前夫的复杂心理。古人相信佩带蘼芜可以多子，显然这位曾被丈夫抛弃的女子已经再婚。现在与前夫偶然相遇，她那“你新娶的妻子怎么样啊”的问话也许依然暗含羞愧、怨恨。从“新人虽言好”到“手爪不相如”是男子的回答，充满自我嘲弄的语气，也透露出一丝悔意。当初故人被弃是因为容貌，如今，新人的容貌一如故人，而且，新人还不如故人灵巧，这对喜新厌旧的负心汉来说的确是莫大的嘲讽！接着，弃妇作何反应？大概心里在想：现在知道后悔了吧，当初你是如何待我的！于是脱口而出“新人从门入，故人从阁去”，追述当初被休弃出门时的尴尬情景，终于将心底的委屈甚至怨恨倾诉出来。“新人工织缣”以下六句，是前夫申述前面所说的“手爪不相如”的话，犹如依然沉浸于后悔之中的喃喃自语，不仅加重了其后悔心理的表现，也使弃妇的灵巧变得具体起来。

十五从军征　古诗

十五从军征，八十始得归。
道逢乡里人：家中有阿谁①？
遥看是君家，松柏冢累累②。
兔从狗窦入，雉从梁上飞③。
中庭生旅谷④，井上生旅葵。
舂谷持作饭，采葵持作羹⑤。
羹饭一时熟，不知贻阿谁⑥！
出门东向看，泪落沾我衣。

【注释】　①阿（ē）谁：谁。②冢：坟墓。累累：重叠貌。③狗窦：墙上为狗进出所开的洞。雉：野鸡。④中庭：屋前的院子。旅：野生的。葵：蔬菜名。⑤舂（chōng）：去壳。羹（gēng）：用菜叶做的汤。⑥一时：一会儿。贻：送给。

【评析】　此诗通过几个片断将一个从役六十五年返归故里的老兵由希望到绝望的心理过程呈现出来，充满无限的辛酸。老兵归来，应该最渴望过上与亲人朝夕相伴、日出而作日入而息的平常生活，然而，残酷的现实将老兵的希望一点点撕碎——他急切地想知道亲人的消息，结果，亲人已经化作累累坟冢；他急切地想知道曾经出生成长的家的模样，如今却沦为野兔、野鸡的栖息地，庭院里、井台上杂草丛生。可想而知，老兵的心情肯定一下子沉到了谷底。然而，毕竟活着回到故乡，他以极其坚忍的毅力控制住自己，开始采收野谷、野菜，烧火做饭，也许，这就是他曾渴望的、久违的家的味道。然后，当饭菜煮熟，盛在碗里，却不知该端给谁。他曾想必无数次憧憬归乡后的生活，那是他活下去的希望。可如今，没有亲人，没有牵挂，精神支柱也就坍塌了，他再也无法抑制内心的悲凉，老泪纵横……

与苏武诗三首[①]（选二首） 李陵

其一

良时不再至，离别在须臾[②]。
屏营衢路侧[③]，执手野踟蹰。
仰视浮云驰，奄忽互相逾[④]。
风波一失所，各在天一隅[⑤]。
长当从此别，且复立斯须[⑥]。
欲因晨风发，送子以贱躯。

【作者简介】 李陵（？—前74年），字少卿，西汉陇西成纪（今甘肃秦安县）人，李广之孙。天汉二年（前99年）出征匈奴，因寡不敌众兵败投降。苏武被匈奴长期扣留，李陵曾去看望苏武并劝其归降匈奴，结果被苏武的坚贞所感动。苏武回到汉朝前夕，李陵曾为其饯行。

【注释】 ①原诗三首，此为第一首。本诗最早见于萧统《文选》，署名汉代李陵，实际上是东汉无名氏假托李陵所作。这组诗与下选署名苏武的诗并称“苏李诗”。②须臾：短时。③屏营：彷徨。衢路：大道。④逾：远隔。⑤风波：被风吹散。波：此处作动词。失所：不在应处之地。隅：角落。⑥斯须：一会儿。

【评析】 这是一首送别诗，描写了一幅夫妻于清晨路口离别的场面，并以朴素的语言抒发了真挚的眷恋之情。清晨，大路边，丈夫和妻子离别在即，却不愿分开，仍执手徘徊。妻子仰望天空，看到飘荡的浮云，内心的伤痛越发被激发出来，她真担心丈夫像飘落的浮云一样一去不返，担心自己和丈夫像风中的浮云一样天各一方。此时，她真有些难以自持，固执地请求丈夫再等一会儿。然而，丈夫还是走了，妻子依然伫立在大道边，眺望着远去的身影，她多么希望自己能乘着晨风，一路陪伴在丈夫身边啊！诗中采用浮云这个意象敏锐地捕捉到即将离别时妻子复杂的内心活动。

其二

嘉会难再至，三载为千秋①。
临河濯长缨，念子怅悠悠②。
远望悲风至，对酒不能酬③。
行人怀往路④，何以慰我愁。
独有盈觞酒，与子结绸缪⑤。

【注释】 ①嘉会：欢乐的聚会。“三载”句：意即过去短暂的三载相聚时光犹如千秋一般极其珍贵。②濯：洗涤。长缨：驾车时套马的绳索。怅悠悠：忧伤。③酬：劝酒。④怀往路：惦记着上路。⑤觞：酒杯。绸缪：情意殷切缠绵。

【评析】 这也是一首送别诗，写的是一对友人离别，地点在河畔。诗一开头将深情的追忆与眼前的离别叠加，既表达昔日友情的可贵，又表现今日离别之痛苦。读者可以想见这样一个场景：远行的人正在清洗套马的绳索，静静地为出发做着准备，送行者默默地看着这一切，一言不发，双方表面的平静掩饰不了内心的压抑。接着是一个饯行的场景：杯里盛满了酒，送行者却没有心思举杯劝饮，依然是令人压抑的沉默。

诗四首[①]（选二首） 苏武

其一

骨肉缘枝叶，结交亦相因[②]。
四海皆兄弟，谁为行路人[③]？
况我连枝树[④]，与子同一身。
昔为鸳与鸯，今为参与辰[⑤]。
昔者常相近，邈若胡与秦[⑥]。
惟念当离别，恩情日以新[⑦]。
鹿鸣思野草，可以喻嘉宾[⑧]。
我有一罇酒，欲以赠远人[⑨]。
愿子留斟酌[⑩]，叙此平生亲。

【作者简介】 苏武（前 140 年—前 60 年），字子卿，西汉杜陵（今陕西西安西南）人。天汉元年（前 100 年）拜中郎将，奉命持节出使匈奴，因其副使卷入一场未遂的劫持单于之母的事件，自杀未遂，被匈奴扣留长达十九年。其间，投降匈奴的李陵曾受命去劝降，遭到苏武的拒绝。汉昭帝时与匈奴和亲，要求匈奴遣返汉使，单于诡称苏武已死。后来汉使探知实情，单于才将在北国放羊的苏武放还。

【注释】 ①原诗四首，此为第一首。最早收录于萧统《文选》，署名苏武，实际上应该是东汉人托名苏武所作。②“骨肉”句：意即兄弟就像骨肉相连，枝叶相亲，无法分离。相因：相亲。③“谁为”句：意即天下人怎么会是毫不相干的行路人呢？④连枝树：不同根的两棵树的枝或干连在一起，即连理树，常用以喻夫妇，此喻兄弟。⑤参与辰：星名，参星居西方，辰星居东方，互相出没，不同时出现在天空。⑥邈：遥远。胡与秦：意即外国和中国，当时西域称中原为“秦”。⑦“惟念”、“恩情”二句：意即平常就感情不浅，分别之际更觉恩情深厚。⑧“鹿鸣”、“可以”二句：《诗经·小雅》有《鹿鸣》，写宾主宴饮的和乐，以“呦呦鹿鸣，食野之苹”开头起兴，是以鹿得野草便呼唤同伴共享喻主人对宾客的盛情。⑨罇：酒器。远人：远行的人。⑩斟酌：用勺舀酒。

【评析】　这是一首送别诗，表达兄弟离别时的依恋之情。前六句一再申述兄弟情谊的深厚，用骨与肉、枝与叶、连理树等喻兄弟的天然相亲，不能分开。次六句再三表达离别之际的依恋，反复以即将到来的分隔与昔日的伴随对比，以显示离别之不易，接着表露离别之际更觉兄弟相亲的感受，进一步表现离别的艰难。最后六句表达挽留之意。劝酒之意不在送而在留，是想借酒追述平素兄弟相亲的情景加以挽留。全诗采用复沓的手法，略加铺排，将兄弟之间的情谊表现得颇为缠绵，将离别之情表现得让人动容。

其二

结发为夫妻，恩爱两不疑①。
欢娱在今夕，嬿婉及良时②。
征夫怀往路，起视夜何其③？
参辰皆已没，去去从此辞④。
行役⑤在战场，相见未有期。
握手一长叹，泪为生别滋⑥。
努力爱春华⑦，莫忘欢乐时。
生当复来归，死当长相思。

【注释】 ①结发：指男女初成年，男子二十岁束发加冠，女子十五岁束发加笄。疑：猜疑。②嬿婉(yàn wǎn)：欢好和美貌。良时：美好的时光。③夜何其：夜色怎么样，语出《诗经·庭燎》："夜如何其？"④"参辰"句：言天将明。去去：远去。⑤行役：因服役而远行。⑥滋：多。⑦春华：指少壮时期。

【评析】 这是一首送别诗，表现夫妻离别的哀痛。徐陵《玉台新咏》中题作《留别妻》，旧传是苏武出使匈奴前留别妻子的，但从全诗内容来看，显然是妻子送别出征的丈夫。诗从夫妻之间的恩爱切入，马上转入离别的前夜。要知道，恩爱越深，离别越痛。这也许是夫妻之间最后一个厮守的夜晚，自是放情欢娱，极尽缠绵。最终，征人怕耽误行程，起床查看天色，已是起程的时间，于是离别在即。诗接着转入离别的场面，妻子紧握征人的手，就是不肯松开，叹息连连，泪水扑簌。当离别无法阻止，她只能深情叮咛：一是珍惜过去的恩爱，二是活着回来。

杂诗[1] 魏文帝曹丕

西北有浮云，亭亭如车盖[2]。
惜我时不遇，适与飘风会[3]。
吹我东南行，行行至吴会[4]。
吴会非吾乡，安能久留滞[5]。
弃置勿复陈，客子常畏人[6]。

【注释】 ①杂诗：萧统《文选》中李善注王粲《杂诗》说："五言杂诗，不拘流例，遇物即言，故云杂也。"②亭亭：耸立貌。车盖：车篷。③时不遇：没有遇到好时机。适：正值，恰巧。飘风：骤起的风。会：会合。④吴会：

指吴郡与会稽郡，位于今江浙一带。⑤滞：停留。⑥“弃置”句：意即放到一边吧，不再说了。弃置：放在一边。陈：叙说。“客子”句：意指客游之人身单力薄，怕被人欺负。

【评析】 此诗写游子漂泊无依的哀伤。诗开头写景起兴，描写天上飘荡的浮云，然后就近取譬，将自己比作浮云。浮云无根，无所依止，又突遇暴风，更是无法把握自己的方向。诗以突遇暴风的浮云充分表现出游子漂泊的不安定感和无法把握命运的无奈心情。诗还进一步表现游子独处异乡的惶恐不安，内心的痛苦无处倾诉，不敢倾诉。

七哀诗① 曹植

明月照高楼，流光②正徘徊。
上有愁思妇，悲叹有余哀。
借问叹者谁，言是荡子③妻。
君行逾十年，孤妾常独栖。
君若清路尘④，妾若浊水泥。
浮沉⑤各异势，会合何时谐？
愿为西南风，长逝⑥入君怀。
君怀良⑦不开，贱妾当何依。

【注释】 ①七哀诗：魏晋乐府诗题。七哀：言哀思之多。六臣注《文选》录吕向题解：“七哀，谓痛而哀，义而哀，感而哀，怨而哀，耳目闻见而哀，口叹而哀，鼻酸而哀也。”②流光：如水般倾泻的月光。③荡子：辞家远出、羁旅忘返的男子。④清路尘：指路上随风上扬的灰尘。⑤浮沉：浮就清路尘而，沉就浊水泥而言。⑥逝：往。⑦良：确实。

【评析】 此诗借闺怨表达诗人政治上颇受猜忌、不被重用的苦闷。诗中的女子独居高楼，在月夜自叹孤独，显然，这是一个被丈夫弃置十年之久的怨妇，她以清路尘和浊水泥的浮沉异势来比喻自己和荡子的分离、境遇的差异，并流露出难以重逢的绝望。诗最后写她化作西南风的想法，新奇巧妙地表现出闺妇的痴情和无所归依的哀伤，也表现出荡子的薄情。曹植因曾与曹丕争夺继承人之位落败，随着曹操的去世和曹丕的称帝，在政治上颇受猜忌和孤立，名为王侯实为囚徒。闺妇无所归依的怨恨情绪正契合曹植在政治上被猜忌被孤立，英雄无用武之地的激愤。

七哀诗 王粲

西京乱无象，豺虎方遘患①。
复弃中国去，委身适荆蛮②。
亲戚对我悲，朋友相追攀③。
出门无所见，白骨蔽平原。
路有饥妇人，抱子弃草间。
顾闻号泣声，挥涕独不还④。
未知身死处，何能两相完⑤？
驱马弃之去，不忍听此言。
南登霸陵岸，回首望长安⑥，
悟彼下泉人，喟然伤心肝⑦。

【作者简介】 王粲（177年—217年），山阳高平（今山东邹县西南）人。董卓挟汉献帝西迁长安，不久，长安也陷入混乱。王粲南行至荆州投奔刘表，也不被重用。曹操破荆州，王粲归附曹操，为丞相掾。其擅长诗赋，在“建安七子”中文学成就最高，刘勰在《文心雕龙》中称其为“七子之冠冕”。明张溥辑有《王侍中集》，今人将其与陈琳等合编有《建安七子集》。

【注释】 ①西京：长安。无象：指秩序混乱。“豺虎”句：指董卓被司徒王允等设计除掉后，其部将在长安四处作乱。遘(gòu)患：作乱。②中国：指中原。委身：托身。荆蛮：即荆州，周朝时北方称楚人为荆蛮。③追攀：攀着车送行，表示依依不舍。④顾：回首。“挥涕”句：意即挥泪独自离去再也不回来。⑤两相完：指母子都得以保全。⑥霸陵：汉文帝的陵墓，位于长安东。⑦“悟彼”句：意即我终于明白《下泉》一诗的作者渴望天下太平的心情了。悟：领会。下泉人：《诗经·国风·曹风》有《下泉》，《毛诗序》说：“《下泉》，思治也。”喟然：叹息貌。

【评析】 此诗写诗人在动乱中离开长安途中见到的战乱景象，并流露出沉痛的心情。诗的开头写与朋友告别，营造了一股悲凉的氛围。接着看似顺带的一笔——“白骨蔽平原”与曹操“白骨露于野，千里无鸡鸣”一样，是现实的真实写照，更增加悲凉气氛的浓重。诗句然后集中笔墨描写一个母亲抛弃幼子的情景，至此，悲凉气氛浓重得让人感到压抑，无法喘息。最后是诗人登上霸陵后的感叹，渴望出现像汉文帝这样的君主，拯救百姓，与民休息。正如建安时代的文学潮流，全诗的情感总是笼罩着一层悲凉色彩，毕竟，这是乱世之音啊！

赠从弟　刘桢

亭亭山上松，瑟瑟谷中风①。
风声一何盛，松枝一何劲。
冰霜正惨凄②，终岁常端正。
岂不罹凝寒③，松柏有本性。

【作者简介】 刘桢(?-217年),字公干,三国时东平(今山东东平)人。“建安七子”之一，擅长五言诗，语言质朴，风格遒劲。有《刘公干集》。

【注释】 ①亭亭：耸立貌。瑟瑟：风声。②惨凄：悲惨凄凉。③罹：遭遇。凝寒：严寒。

【评析】 原诗有三首，此为第二首。此诗原是一首咏物诗，吟咏的对象是松柏，以质朴的语言赞美了松柏不畏严寒的品格。但要知道，此诗是诗人赠给从弟的，实际上是勉励从弟要像松柏一样坚忍不拔，不要屈服于环境的压力。

咏怀八十二首[①]（选三首） 阮籍

其一

夜中不能寐，起坐弹鸣琴。
薄帷鉴[②]明月，清风吹我襟。
孤鸿号外野，翔鸟鸣北林[③]。
徘徊将何见，忧思独伤心。

【注释】 ①咏怀：此组诗共八十二首，并非作于一时一地，大多抒发政治方面的感慨，流露出苦闷的情绪。咏怀：抒发怀抱。②鉴：照。③号：鸣叫。翔鸟：飞翔的鸟。北林：北山坡的树林，因处北坡，更加寒冷。

【评析】 此诗是写诗人的忧思，但自始至终没有明言忧思从何而来，为何而起，但是，言内言外，忧思萦绕，无法驱散。不能入睡是因为忧思困扰，弹琴是为了排解忧思。窗外，月光透过帷幕投到室内，步出门外，清风吹襟，忧思似乎暂得排解。岂料，一阵鸟的哀鸣传来，本为解忧，结果忧思反倒更加沉重。原因何在？正如清王尧衢在《古唐诗合解》中所说："感孤鸟号于野外，朔鸟鸣于北林，飞者栖者，各哀其生。"孤鸿之哀是因为没有伴侣，翔鸟之哀是因为寒冷，这又触动了诗人对自己孤独无依的冷酷政治环境的体认。诗的主旨委婉含蓄，正如钟嵘《诗品》所说："言在耳目之内，情寄八荒之表……厥旨渊放，归趣难求。"

其二

嘉树下成蹊，东园桃与李①。
秋风吹飞藿②，零落从此始。
繁华有憔悴③，堂上生荆杞。
驱马舍之去，去上西山趾④。
一身不自保，何况恋妻子。
凝霜被野草，岁暮亦云已⑤。

【注释】①"嘉树"、"东园"二句：语出《史记·李广列传》引谚语："桃李不言，下自成蹊。"嘉树：指桃树和李树。蹊：道路。②藿：豆叶。③憔悴：枯萎，凋零。④西山：伯夷、叔齐隐居地，伯夷为商末孤竹君之长子，孤竹君欲以次子叔齐为继承人。孤竹君死后，叔齐让位于伯夷，伯夷以为违背父命，逃走，叔齐亦不肯即位，也逃走。此言去西山，意即想隐居以避祸。趾：山脚。⑤凝霜：寒霜。岁暮：年末。已：结束。

【评析】此诗前六句以写景起兴，描写大自然繁荣与凋零的更迭。自然又暗喻人事，自然界的繁华转瞬即逝，人世间的繁华亦复如此。不论是自然还是世事，由盛转衰，无可逃避。后六句表达退隐避世的心理。既然衰变乱离不可避免，到那时自身都不保，不如现在及早退隐，连亲情都不应该留恋。

其三

驾言发魏都，南向望吹台[①]。
萧管有遗音，梁王[②]安在哉？
战士食糟糠，贤者处蒿莱[③]。
歌舞曲未终，秦兵已复来。
夹林[④]非吾有，朱宫生尘埃。
军败华阳下，身竟为土灰[⑤]。

【注释】①驾：驾车。言：助词，无义。魏都：战国时魏国都城大梁，即今开封。吹台：魏王宴饮的地方，位于今开封东南。②梁王：魏王。③处蒿莱：处于草野之间，指人才不受重用。④夹林：是魏王游乐的苑林，在大梁吹台前。⑤军败华阳：公元前 273 年，魏、赵伐韩，攻至华阳，韩求救于秦，秦将白起大败魏、赵联军。华阳：山名，位于今河南密县。竟：终于。为土灰：即死亡。

【评析】 这诗是由眺望战国时魏国吹台而引发关于兴废的历史思索。吹台曾经是魏王经常举行宴饮的地方。宴饮时的歌舞似乎依然在耳畔回荡，但魏国早就破灭，魏王早已化为尘土。反思原因，是魏王不能重用人才，不能善待人民。诗人审视历史，感叹昔日繁华不再；追问原因，得出兴废源于人事的结论。情感低沉，见识独到。

咏史八首[①]（选一首） 左思

郁郁涧底松，离离山上苗[②]。

以彼径寸茎，荫此百尺条③。
世胄蹑高位，英俊沉下僚④。
地势使之然，由来非一朝。
金张藉旧业，七叶珥汉貂⑤。
冯公岂不伟，白首不见招⑥。

【作者简介】 左思（252年?—305年?），字太冲，临淄（今山东临淄）人。出身寒族，因其妹左棻入宫为妃，迁居洛阳，求为秘书郎。貌丑口讷却博学能文，潜心十年作《三都赋》，洛阳为之纸贵。事权臣贾谧，为“二十四友”之一。贾谧被诛，退居读书。晚年因洛阳大乱，举家迁居冀州。清丁福保辑有《左太冲集》。

【注释】 ①咏史：通过吟咏古人古事来抒发自己的怀抱。②郁郁：茂盛貌。离离：盛多。③径寸：直径仅一寸。彼：指山上苗。荫：遮盖。④世胄：世家子弟。蹑：登上。英俊：杰出的人才。下僚：小官。⑤金张：指汉代的金日磾和张汤，二者都是西汉权贵，从汉武帝直至西汉末，两个家族一直是皇帝的宠臣。藉：凭借。七叶：七世。珥：插。汉貂：汉代侍中、中常侍等官冠上饰有貂尾。⑥“冯公”、“白首”二句：汉文帝时冯唐已七十岁左右仍居郎官低职。

【评析】 此诗一组共八首，主要抒发功成身退的政治抱负，批判社会不公正，或直接吟咏史事或用史典以表达怨愤之情。因此，钟嵘《诗品》评价左思的诗歌为“文典以怨”。此诗以自然现象起兴，描写居山顶的矮小植物却遮蔽了山涧的高大松树，然后引出现实中不公平现象：世家子弟凭借特权占居高位，而寒门士子即便有才也只能屈居下僚。接着转向历史，将现实中的不公平放到历史的长河中去审视，通过汉代金张家族世居高位、冯唐白首仍不见重用的反差，揭示出这种不公平现象的普遍性和严重性。自然现象、社会现实和历史典故相互呼应，共同呈现了一个极顽固的不公平现象。诗人虽未直接加以批评，但读者已经充分地认识到其不合理性，也感受到诗人在现实中备受压抑的愤懑。

情诗五首[①]（选一首） 张华

游目四野外，逍遥独延伫①。
兰蕙缘情渠，繁华荫绿渚②。
佳人不在兹，取此欲谁与③。
巢居知风寒，穴处识阴雨。
不曾远别离，安知慕俦侣④。

【注释】①游目：四处观望。逍遥：徘徊不进。延伫：久立。②缘：沿着。渠：水沟。渚：水中小洲。③佳人：此指妻子。谁与：送给谁。④俦侣：伴侣。

【评析】原诗一组共五首，都是夫妇之间的赠答之辞。钟嵘《诗品》评价张华的诗“儿女情多，风云气少”，就是针对这些诗作而言。此诗由情景的描写然后突入人物的内心，表达离家在外的男子对家中妻子的思念。诗的前六句描绘了一个情景：男子一会儿徘徊，一会儿伫立，眼神迷离，神情恍惚。忽然，水边的兰蕙撞进了他的眼帘，他兴冲冲地去采摘了一把，结果，手捧鲜花，陷入无限惆怅。他多么希望将鲜花送给妻子，以传达他的无限爱恋，可是，妻子远在天涯，他又能送给谁呢？原来，这是一个被相思所困扰的男子。后四句是以男子的口吻直接表达相思之痛，“巢居知风寒，穴处识阴雨”是一个浅显的生活常识，诗人以此为喻，意思是只有亲身经历过离别的人才能体会到这种相思之痛。

内顾诗[1] 潘岳

独悲安所慕[2]，人生若朝露。
绵邈寄绝域[3]，眷恋想平素。
尔情既来追，我心亦还顾。
形体隔不达，精爽交中路[4]。
不见山上松，隆冬不易故。
不见陵涧柏，岁寒守一度。
无谓希见疏，在远分弥固[5]。

【作者简介】 潘岳（247年—300年），字安仁，西晋荥阳中牟（河南中牟县东）。先后任河阳令、著作郎、给事黄门侍郎等职。曾参与依附权臣贾谧的文人集团“二十四友”。永康元年，赵王伦擅政，潘岳遭谋反诬陷，被杀，夷三族。其以善写哀诔文字著称，诗赋辞藻华丽，长于抒情。明张溥辑有《潘黄门集》。

【注释】 ①内顾：指对家事的顾念。②安所慕：思念谁。③绵邈：幽深。绝域：极其遥远的地方。④达：到达。精爽：魂魄。交：汇合。中路：半路。⑤无谓：不要以为。希见：见面少。疏：感情疏远。分：情分。弥：更加。

【评析】 此诗写远行者对妻子的思念。首先倾诉自己对于平日与妻子一起的生活情景的回忆，可能其中有许多温馨的细节，虽没有直言思念，但思念之情已经溢于言表。然后写由相思生出的遐想：妻子的魂魄与自己的魂魄竟然在中途相遇，可见夫妻二人相互思念的深沉，想象新奇。其次是一个爱情誓言：以松柏之不凋喻爱情之忠贞不改。行文至此，痛快、直接的倾诉已经呼之欲出：不要以为见面少了感情就会变淡，相隔遥远感情反而会更加牢固。这既是誓言的延续，也是进一步宽慰彼此的话。潘岳写夫妻感情往往着眼生活细节，将夫妻之间的真挚感情表达得缠绵动人，此诗对思念之情的表达亦颇为独到。

赴洛二首（选一首） 陆机

远游越山川，山川修且广①。
振策陟崇丘，安辔遵平莽②。
夕息抱影寐，朝徂衔思往③。
顿辔④倚高岩，侧听悲风响。
清露坠素辉⑤，明月一何朗。
抚枕不能寐，振衣⑥独长想。

【注释】①修：长。②振策：挥动马鞭。陟：登。崇丘：高山。安辔：按住马缰绳以缓行。遵：沿着。平莽：平野。莽：草木丛生之地。③抱影：仅有影子陪伴，形容孤独。徂：前往。衔思：含着悲思。④顿辔：勒住马缰绳使停止。⑤“清露”句：晶莹的露珠在皎洁的月光下坠落。素辉：月光。⑥振衣：抖一抖衣服然后披上。

【评析】原诗共有两首，此为其一。全诗写离家到洛阳途中的见闻、感触。晋灭吴后，陆机隐居读书十年后入洛求官，作为吴国丞相陆逊之孙、大司马陆抗之子的陆机，此时的心情十分复杂：他想有所作为，就必须前往洛阳，而其昔日的祖国恰恰亡于西晋，他不知道别人会怎么看待他，也不知道入洛以后的命运会是怎样。因此种种，入洛途中，他感到孤独、悲凉和无奈，内心充满忐忑和不安。

游仙诗十九首[1]（选一首） 郭璞

逸翮思拂霄，迅足羡远游[2]。
清源无增澜，安得运吞舟[3]？
圭璋虽特达[4]，明月难暗投。
潜颖怨青阳，陵苕哀素秋[5]。
悲来恻丹心，零泪缘缨流[6]。

【注释】 ①游仙：漫游仙界。②逸翮：高飞的鸟。迅足：善跑的兽。③“清源”、“安得”二句：意即有才德的人还需要适当的空间，否则无法施展才华。增澜：大的波浪。吞舟：指大鱼。《韩诗外传》云：“吞舟之鱼，不居潜泽。”④“圭璋”句：语出《礼记·聘义》：“圭璋特达，德也。”意即圭璋用作礼品可以单独送达，不需其他相辅，此喻有才德的人不需要凭借他人帮助。圭璋：玉器，古代诸侯朝聘时用作礼品。⑤“潜颖”、“陵苕”二句：长在隐蔽处的植物哀怨春日来得太迟，长在高处的植物哀怨秋风来得太早，喻失志的人怨恨不能早日显达，显达的人怨恨地位太高易招致风险。潜颖：长在隐蔽处的植物，此喻失意的人。陵苕：长在高处的植物，此喻显达的人。⑥恻：悲痛。零泪：落泪。缨：系冠的带子。

【评析】 原诗十九首，此为其一。这是一首游仙诗。游仙诗源出《楚辞·远游》，后来形成两类：其一是表达成仙的渴望，其二是赞美仙界，表达对现实的不满。郭璞的游仙诗基本属于后者。此诗一开始表达远游的意愿，但还没有来得按惯常的思路描写行程和描写仙界的美好，就急不可待地运用一系列隐喻表达在现实中无用武之地，又不愿意降格以求，抱负无法施展的悲伤，并暗含对现实的不满和批评。

秋日 孙绰

萧瑟仲秋风，飚唳风云高①。
山居感时变②，远客兴长谣。
疏林积凉风，虚岫结凝霄③。
湛露洒庭林，密叶辞荣条④。
抚菌⑤悲先落，攀松羡后凋。
垂纶在林野，交情远市朝⑥。
澹然古怀心，濠上岂伊遥⑦。

【作者简介】 孙绰（314年—371年），字兴公，太原中都（今山西平遥）人，后迁居会稽（今浙江绍兴），东晋著名玄言诗人。袭父爵为长乐侯，官拜太学博士、尚书郎，迁散骑常侍、统领著作郎。早年博学善文，放旷山水，曾著《遂初赋》自述其志，另有《天台山赋》是山水赋中的名篇。现存诗三十多首。有《孙廷尉集》。

【注释】 ①萧瑟：风吹树木的声音。飚唳：狂风的啸叫声。②时变：季节的变化。③虚岫（xiù）：空谷。结：聚集。凝霄：浓密的云雾。④湛露：浓重的露水。荣条：茂盛的枝条。⑤菌：低等植物，多寄生，生命周期短。《庄子·逍遥游》："朝菌不知晦朔。"⑥垂纶：垂钓。交情：相互来往中建立感情。市朝（cháo）：集市和朝廷，喻争名逐利之地。⑦"澹然"、"濠上"二句：意即只要保持古人这种恬淡情怀，就距离庄子、惠子的濠上之游已经不远了。澹然：恬淡貌。濠上：见《庄子·秋水》："庄子与惠子游于濠梁之上。庄子曰：'鲦鱼出游从容，是鱼之乐也。'惠子曰：'子非鱼，安知鱼之乐？'庄子曰：'子非我，安知我不知鱼之乐？'惠子曰：'我非子，固不知子矣；子固非鱼也，子之不知鱼之乐全矣！’庄子曰：‘请循其本。子曰汝安知鱼乐云者，既已知吾知之而问我。我知之濠上也。’”庄子与惠子游于濠梁并辩论鱼是否知乐，即所谓“濠梁之游”，喻别有会心、心照不宣。伊：助词，无义。

【评析】 这是一首玄言诗。玄言诗大多演绎道家以及佛教等思想，虽不乏对人生的洞见，但缺乏具体可感的形象，虽统治东晋诗坛达百年之久，但现在流传的作品很少。此诗倒是从形象入手引出关于人生的哲思并表达其理想的生命境界。前八句写秋景，描写万物的凋零以呈现生命的短暂。后六句写人生感悟，诗人悲悯菌的短命和羡慕松的长寿，思索人生该如何度过，其结论是：宁可在垂纶林野中恬淡地度过一生，也不愿在市朝中冒着生命被戕害的危险去争名逐利，这种境界才是庄子的境界。

归园田居五首（选二首） 陶潜

其一

野外罕人事，穷巷寡轮鞅①。
白日掩荆扉，虚室绝尘想②。
时复墟曲中，披草共来往③。
相见无杂言④，但道桑麻长。
桑麻日已长，我土⑤日已广。
常恐霜霰至，零落同草莽⑥。

【注释】 ①人事：指交游。穷巷：僻巷。轮鞅：指车马。鞅：以马驾车时套在马颈上的皮带。②荆扉：柴门。尘想：世俗的想法。③墟曲：村落。

披：分开。④杂言：以农耕以外的事为杂言，意即已断绝仕进功名之想，一心在田园，正言其得愿。⑤我土：我种植的土地。⑥霰（xiàn）：冰粒。草莽：丛生的杂草。

【评析】 原诗五首，此为其一。这是一首田园诗。陶渊明是田园诗的开创者，其田园诗的主要内容是：田园景物的勃勃生机带来的欣喜，田园生活的恬淡带来的心灵安宁，亲自耕种的艰辛与欢欣，邻里交往的淳朴与惬意，辍耕读书对宇宙化道的体悟等等。诗人采用白描的手法描写自己置身田园生活看到的日常的景、事及萌发的情和体悟的理，语言质朴，甚至大量采用口语，风格平淡自然。此诗主要表现亲自耕种的艰辛和对收获的渴望。耕种的一切艰辛都不足以阻挡对耕种田园之“愿”的坚守，此“愿”可以理解为诗人秉持的人生态度，亦可见此“愿”在诗人心目中的地位。诗人将世界一分为二，世俗和田园，并将二者对立起来，以对田园生活的坚守，表明对世俗生活的厌倦。但是，诗中并未在世俗生活方面着墨以显示其污浊，只是在诗的开头言及自己与世俗生活的距离，然后集中笔墨表现其田园生活的种种细节，正如方东树《昭昧詹言》所说：“只就桑麻言，恐其零落，方见其真意实在田园。”

其二

种豆南山①下，草盛豆苗稀。
晨兴理荒秽，带月荷锄归②。
道狭草木长，夕露沾我衣。
衣沾不足惜，但使愿无违③。

【注释】 ①南山：指庐山。②兴：起床。荒秽：荒芜。荷：肩负。③愿无违：不违背自己的志愿。愿：指隐居田园，远离世俗的志愿。

【评析】 这也是一首田园诗，诗中主要描写诗人亲自耕种的艰辛。

田园生活不是一切都那么美妙，有寂寞，有饥寒，有艰辛，却能使诗人避开俗世的纷纷扰扰甚至阴谋、杀戮等等，因此，田园不仅只是栖身之所，更是心灵的栖息之地。正因如此，艰辛只是身体的感受，田园生活带给诗人精神的愉悦不可估量、不可替代。诗人又一次提及对“愿”的坚守，让读者又一次看到诗人与当时那些汲汲于名利者格格不入的人生态度。

饮酒二十首（选一首） 陶潜

栖栖①失群鸟，日暮犹独飞。
徘徊无定止，夜夜声转悲。
厉响思清远，去来何依依②。
因值孤生松，敛翮遥来归③。
劲风无荣木，此荫独不衰④。
托身已得所，千载不相违。

【注释】 ①栖栖：孤寂貌。②厉响：发出鸣叫声。依依：恋恋不舍。③值：遇到。敛翮：收拢翅膀。④“劲风”、“此荫”二句：意即强劲狂风的吹拂之下，不会有茂盛的树林，只有这棵孤松从不凋谢，可以作为栖身之所。

【评析】 原诗共二十首，实为咏怀诗，此为其一。诗人历写人世诸如生死、寿夭、衰荣、显隐、善恶、是非等等之捉摸不定，反衬自己隐居田园，以酒自娱，从而获得心灵的宁静与安适。萧统《陶渊明集序》说：“有疑陶渊明诗，篇篇有酒；吾观其意不在酒，亦寄酒为迹者也。”又杜甫《可惜》：“花飞有底急，老去愿春迟。可惜欢娱地，都非少壮时。宽心应是酒，遣兴莫过诗。此意陶潜解，吾生后汝期。”都领会到酒对陶渊明诗的意义。

此诗采用隐喻的手法，描写一个失群之鸟徘徊的孤苦和觅得栖身之所的欣慰，实际上是表达诗人归隐田园，找到心灵归宿的欣喜。

杂诗十二首（选一首） 陶潜

白日沦西阿，素月出东岭①。
遥遥万里辉，荡荡空中景②。
风来入房户③，夜中枕席冷。
气变悟时易，不眠知夕永④。
欲言无予和，挥杯劝孤影⑤。
日月掷人去，有志不获骋⑥。
念此怀悲凄，终晓⑦不能静。

【注释】 ①沦：落下。西阿：西山。素月：银白色的月亮。②遥遥：距离很远。万里辉：指月光。荡荡：广阔貌。景：同“影”，指月轮。③房户：房门。④“气变”、“不眠”二句：气候变化，因此领悟到季节也变了；睡不着觉，才了解到夜是如此之长。时易：季节更迭。夕永：夜长。⑤“欲言”、“挥杯”二句：我想倾诉隐衷，却无人应和；我想饮酒，却只有影子陪伴。无予和（hè）：没有人回应我。⑥掷：抛弃。骋：施展。⑦终晓：直到天亮。

【评析】 原诗十二首，内容包括人生无常，盛年难再；岁月不待，有志未骋；不求空名，颇不知老；拙于谋生，慨叹贫苦；掩泪东游，羁役思归以及感叹人生无常等，此为其一。李善注王粲《杂诗》时说：“五言杂诗，不拘流例，遇物即言，故云杂也。”此诗写诗人置身田园遭遇种种身心痛苦。诗人归隐田园，有时也很矛盾：随波逐流，意味着放弃自我；归隐田园，意味着放弃年轻时的理想。艰辛、寒冷、饥饿等等，是田园生活的常态，诗人面对这些，自然感到痛苦，这个可以理解。为什么时光流逝、孤独无伴，也能折磨这个隐逸诗人的心灵？只有深入诗人的内心，知道他也曾有壮志，也曾有热情，才能真正理解诗人将这一切放下的过程中经历的伤痛。陶渊明的伟大不在于放弃，而在于真率，不仅将自己内心的欢欣、痛苦流露出来，还将内心的挣扎也袒露出来。所以，不能只看到陶渊明“静穆”的一面，还要看到其“金刚怒目”的另一面。

读山海经十三首（选一首） 陶潜

孟夏草木长，绕屋树扶疏①。
众鸟欣有托②，吾亦爱吾庐。
既耕亦已种，时还读我书。
穷巷隔深辙，颇回故人车③。
欢言酌春酒，摘我园中蔬。
微雨从东来，好风与之俱。
泛览周王传，流观山海图④。
俯仰终宇宙⑤，不乐复何如。

【注释】 ①孟夏：初夏。扶疏：枝叶繁茂分披貌。②托：指栖身之处。③穷巷：陋巷。深辙：指显贵的大车辗下的车轮痕迹。回：使调转。故人：旧交。④周王传：即《穆天子传》，记载周穆王驾八骏西征的故事。山海图：即《山海经图》，图部分今佚。⑤俯仰：意即很快从这些书中体悟到宇宙运行的法则。俯仰，低头和抬头，意指顷刻之间。

【评析】 原诗共十三首，主要写耕读之乐，此为其一。全诗表现田园生活给诗人带来的种种愉悦：夏日大自然的勃勃生机，享受劳动收获的喜悦，辍耕读书的宁静以及读书过程中对宇宙人生之道的体悟等，正因为这些，才使诗人发出由衷的感叹："我亦爱吾庐！"这个"庐"不仅仅是诗人托身以蔽风雨的物理空间，更是其安顿心灵的精神家园。

卷五 五言古诗二（宋至隋）

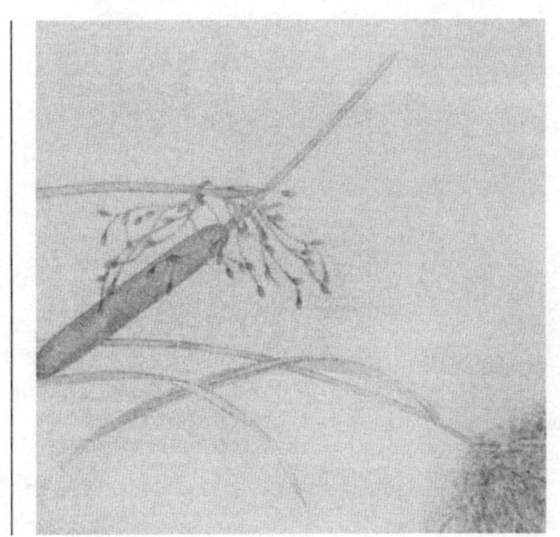

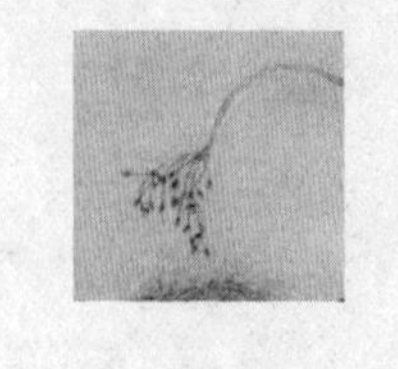

登池上楼　谢灵运

潜虬媚幽姿，飞鸿响远音①。
薄霄愧云浮，栖川怍渊沉②。
进德智所拙，退耕力不任③。
徇禄反穷海，卧痾封空林④。
衾枕昧节候，褰开暂窥临⑤。
倾耳聆波澜，举目眺岖嵚⑥。
初景革绪风，新阳改故阴⑦。
池塘生春草，园柳变鸣禽⑧。
祁祁伤豳歌，萋萋感楚吟⑨。
索居易永久，离群难处心⑩。
持操岂独古，无闷征在命⑪。

【注释】　①虬（qiú）：传说中有角的小龙。媚：怜爱。幽姿：深隐水底的姿态。②薄（bó）霄：迫近高空。栖川：栖息水中。怍（zuò）：惭愧。③进德：增进品德，指建功立业。力不任：体力无法承受。④徇：谋求。禄：俸禄。穷海：偏僻的海滨。卧痾（kē）：因病卧床。痾：病。⑤衾枕：被子和枕头，泛指卧具，此处作动词，指卧床。昧：不知道。节候：时令气候。褰（qiān）：揭开。⑥岖嵚（qū qīn）：高山。⑦初景：初春的阳光。革：

驱除。绪风：冬日残留的寒风。新阳改故阴：春夏取代秋冬。春夏为阳，秋冬为阴。⑧变：变换。⑨“祁祁”、“萋萋”二句：表达面对春天美景的伤感情绪。“祁祁”句：《诗经·豳风·七月》：“春日迟迟，采蘩祁祁。女心伤悲，殆及公子同归。”祁祁：众多。“萋萋”句：《楚辞·招隐士》：“王孙游兮不归，春草生兮萋萋。”萋萋：草木茂盛貌。⑩索居：独居。永久：感到日子长久，难以打发。⑪持操：保持节操。无闷：消除尘世的烦恼，语出《易经·乾卦》“遁世无闷”。

【评析】 这是一首山水诗，作于永嘉太守任上。诗中前十句为观览山水的缘起，萦绕着进退维谷的矛盾心情：既不能像潜藏的虬龙恬然退隐，又不可能像高飞的大雁声名远播。接下来六句写临窗远眺看到的山水景物。谢灵运山水诗写山水常用的方法是：一联之内，上句写山，下句写水，此诗也基本如此。诗人总想将寓目之景全部道出，但没有进行充分提炼，内容“颇以繁芜为累”，其中却又不乏“名章迥句”，像此诗中的“池塘生春草，园柳变鸣禽”即是。诗中的山水景色清新明朗，让人身心愉悦，正因为如此，才可以慰藉诗人内心的苦闷，这也是其山水诗的共性。最后六句为远眺山水引起的情感波动及体悟到的哲理。此节与上文的山水描写之间不像后来的唐诗景与情、理水乳交融，而是比较隔膜，拖着一个玄言的尾巴。总之，谢灵运的山水诗虽不乏优秀的诗联，但结构比较松散，可谓有句无篇。这些特点在本诗中得到充分体现。

石壁精舍还湖中作[①] 谢灵运

昏旦变气候，山水含清晖[②]。
清晖能娱人，游子憺忘归[③]。
出谷日尚早，入舟阳已微[④]。

林壑敛暝色，云霞收夕霏[⑤]。
芰荷迭映蔚，蒲稗相因依[⑥]。
披拂趋南径，愉悦偃东扉[⑦]。
虑澹物自轻，意惬理无违[⑧]。
寄言摄生客[⑨]，试用此道推。

【注释】 ①石壁精舍：位于会稽郡始宁县(今浙江上虞县)。石壁：山名。精舍：学舍，书斋。②昏旦：指早晚。清晖：明净的光辉。③娱人：使人愉悦。憺：安适。④阳已微：日光已经变弱。⑤敛：聚集。暝色：暮色。夕霏：傍晚的雾霭。⑥芰：菱。映：辉映。蔚：繁盛。蒲：一种水草。稗(bài)：稗草。⑦披拂：指分开杂草。趋：走向。偃：歇息。⑧“虑澹”句：意即思虑澹泊则外物自轻。虑澹：思虑淡泊。物：外物。“意惬”句：意即由于内心安适便觉得物理无违于心愿。意惬：内心安适。⑨摄生客：注重养生的人。

【评析】 此诗是诗人托病辞去永嘉太守一职回到故乡始宁庄园期间所作，写自石壁精舍至湖中一天的游览，重点写归途所见景物及从中获得的愉悦和体悟的哲理。此诗分为两部分，第一部分为前六句，是写从早到晚的游历过程，紧扣诗题中的“还”字，详写归途，而出发及游历过程以“出谷日尚早，入舟阳已微”一笔带过。后四句写游历归来看到的夕景。前一联写山，后一联写水，也是从空间层面上展开，并回应首联之“山水含清晖”一句。前一联是远景，后二联是近景，远近配合，富有立体感。“林壑”与“云霞”一联是写景的名句，表现出宁静而又不乏生机的湖光景色。最后六句是写游历归来的愉悦和感悟。

晚登三山还望京邑[①] 谢朓

灞涘望长安，河阳视京县[②]。
白日丽飞甍[③]，参差皆可见。
余霞散成绮，澄江静如练[④]。
喧鸟覆春洲，杂英满芳甸[⑤]。
去矣方滞淫，怀哉罢欢宴[⑥]。
佳期怅何许，泪下如流霰[⑦]。
有情知望乡，谁能鬒[⑧]不变。

【注释】①三山：位于今南京西南长江南岸，上有三峰，也称三山矶。京邑：指建康，今南京。②“灞涘”句：东汉末王粲避乱离开长安至荆州时曾有“南登霸陵岸，回首望长安”的诗句。灞：灞水，流经长安东。涘：水边。“河阳”句：西晋潘岳在河阳为官时曾有“引领望京室，南路在伐柯”的诗句。河阳：位于今河南孟县西。③丽：照耀。甍（méng）：屋脊。④余霞：晚霞。绮：有花纹的丝织品。澄江：清澈的江水。练：白色的熟绢。⑤覆：遮盖。杂英：各种花。芳甸：长满芳草的郊野。⑥“去矣”句：意即要离开了，但仍然依依不舍，又稍作停留。滞淫：淹留，停留。怀哉：内心不舍。⑦佳期：指返回京城之日。怅：恨。何许：何时。霰：冰粒。⑧鬒（zhěn）：黑发。

【评析】 这是一首山水诗，是诗人离京前往宣城任太守时作，写登山眺望京城时所见景物及触发的眷恋之情。诗的前两句领出下文的写景，却使用了两个典故，暗含深意。王粲当初离开长安时尽管十分留恋，但长安已陷入一片混乱。此时谢朓离京赴任宣城，京城也不太平，一年换了三个皇帝。可见，此处用王粲典既道出其对京城的留恋也暗含对时局的忧虑。后一句用潘岳典，意即诗人想象自己到达宣城后也会像潘岳当初在河阳遥望京城一样，思念京城。以后六句为写景。由远及近，先描写夕阳下京城宫殿的壮丽，次写夕阳下京郊江流的澄静，再写江中小洲的生机勃勃，共同构成了一幅令人眼花缭乱的美丽图画，这样美丽的图画，当然让人留恋不已。其中，“余霞散成绮，澄江静如练”一联尤其为后人所称道，唐代李白有诗句“解道澄江静如练，令人长忆谢玄晖”即是。最后六句是抒情。正是如此的美景，让诗人在还没有离开之际，就想象着什么时候才能归来。读此诗，仿佛看见诗人静静地伫立在山头，久久不肯离去，直到暮色四合，泪下如霰。

之零陵郡次新亭[①] 范云

江干[②]远树浮，天末孤烟起。
江天自如合，烟树还相似。
沧流[③]未可源，高帆去何已。

【作者简介】 范云（451 年—503 年)，字彦龙，南乡舞阴（今河南泌阳县西北）人。仕宋为郢州西曹书佐转法曹行参军。齐初，为竟陵王府簿，“竟陵八友”之一。永明十年（492 年)，出使北魏，受到魏孝文帝的称赏。还朝，迁零陵内史，又为始兴内史、广州刺史等。萧衍代齐建梁，历任散骑常侍、吏部尚书、尚书右仆射等。今存诗四十余首，风格明净，钟嵘《诗品》论其诗“清便宛转，如流风回雪”。

【注释】 ①零陵郡：今广西全州县一带。新亭：位于今南京市南，地近江滨，是当时著名的游览地。次：停留。②江干：江岸。干：大水之旁。③沧流：因水色青苍而称流水为沧流。未可源：不能穷其源。

【评析】 此诗是诗人赴零陵内史任途中于新亭止宿时所作，写诗人远眺江流看到的景色。诗人写景抓住“远”字。因为远，江畔的树木仿佛一簇簇烟雾飘浮于江面，看不清轮廓；因为远，江天一色，浑然一体。画面朦朦胧胧，无边无际，特别是江流，不知道从哪儿来，往哪儿去，那江上高帆也就不知道最终会飘向何方！于是，茫然不知所之，无所归依的漂泊感、困惑感在诗人的内心油然而生。此诗并不直接抒情，只是在诗的最后顺便道出面对江景产生的感觉，便将内心世界泄露了出来。

古意① 沈约

挟瑟丛台下，徙倚爱容光②。
伫立日已暮，戚戚③苦人肠。
露葵已堪摘，淇水未沾裳④。
锦衾无独暖，罗衣空自香。
明月虽外照，宁知心内伤？

【作者简介】 沈约(442年—513年)，字休文，吴兴武康(今江西德清)人。历仕宋、齐、梁三朝，官至尚书令。曾入南齐竟陵王萧子良幕，为“竟陵八友”之一，与谢朓友善。萧衍受禅建梁，曾为其草即位诏书。笃志好学，博通群籍，有《宋书》等史著。倡“四声八病”说，要求诗歌讲求音律的和谐，形成了新体诗“永明体”，诗歌从此走向声律化道路。钟嵘《诗品》评其诗“长于清怨”。明张溥辑有《沈隐侯集》。

【注释】 ①古意：意即拟古，此类诗作往往借吟咏前代之事以抒怀。②挟瑟：带着瑟。北齐魏收有《挟瑟歌》，见本书卷三。丛台：台名，战国时赵国所筑，位于今河北邯郸城内，数台相连，故名。徙倚：徘徊。容光：修饰装扮。③戚戚：忧伤貌。④“露葵”、“淇水”二句：意即露葵该采摘了却没有采摘，应该涉过淇水，哪怕沾湿衣裳，却因故没有前往，此是喻约会不成。露葵：菜名，《本草纲目》语：“古人采葵，必待露解，故曰露葵。”淇水未沾裳：《诗·卫风·氓》云：“桑之落矣，其黄而陨。自我徂尔，三岁食贫。淇水汤汤，渐车帷裳。女也不爽，士贰其行。”此处可能暗用此典。淇水：黄河支流，位于今河南北部，距丛台不远。

【评析】 此诗写一个歌女的爱情。诗的前六句为第一节，为读者描写了这样一幅画面：一个歌女挟瑟徘徊于丛台之上，阳光将她美丽的倩影拉得很长很长。洒在她身上的夕阳逐渐暗淡下来，她依然在徘徊，脸上挂满了忧伤。原来，眼看着和心上人约定的时间渐渐过去，她却不能如约前往。诗的后四句为第二节，时间由傍晚移到深夜——月光透过窗户照进屋里，歌女孤枕未眠，她感到寒冷，感到孤独，内心的痛苦折磨着她，她无处倾诉。

无锡县历山集[①] 江淹

愁生白露日，思起秋风年。
窃悲杜蘅暮，揽涕吊空山[②]。
落叶下楚水，别鹤噪吴田。
岚气[③]阴不极，日色半亏天。
酒至情萧瑟，凭樽还惆然[④]。
一闻清琴奏，嘘泣方留连[⑤]。
况乃客子念，直置丝竹间！

【作者简介】 江淹(444 年—505 年),字文通,济阳考城(今河南民权)人。历仕南朝宋、齐、梁三代。宋时任吴兴令、尚书驾部郎中等。入齐，任庐陵内史、尚书左丞领国子博士、宣城太守等。入梁，为散骑常侍，迁金紫光禄大夫。少时孤贫好学,六岁能诗。文学成就尤以辞赋为著,代表作有《恨赋》《别赋》。少以文章显名,晚年才思微退,时人皆谓之“江郎才尽”。钟嵘《诗品》评其“诗体总杂，善于摹拟”。明胡之骥著有《江文通集汇注》。

【注释】 ①无锡县历山：即今无锡之惠山，位于城西。集：聚会。②杜蘅：香草名，屈原作品中屡屡提及。揽涕：挥泪。吊：凭吊。③岚气：山中的雾气。极：尽，散。④萧瑟：凄凉。樽：盛酒的器具。惘然：失意貌。⑤留连：恋恋不舍。

【评析】 南朝宋泰始二年(466 年)，江淹入建平王刘景素幕，刘景素密谋叛乱，江淹多次劝谏，刘景素不纳，并贬江淹为吴兴令。此诗应作于贬吴兴令期间，写秋天于历山进行的一次宴集。诗的前八句写景，不过，前四句与后四句的写法不一样。前四句中，诗人以浓烈的主观感情浇注于景物，情景相生。情是：愁、思、悲、涕；景是：白露、秋风、杜蘅、空山。这是借鉴了宋玉《九辩》悲秋的主题，将秋景与愁绪融为一体。后四句是采用白描的手法写景，但是，景物的色彩与氛围与前四句相承，景中透出令人压抑、令人不安的气氛。诗的第二节是最后六句，回应诗题，直接写宴聚。但是，写宴聚并不是写宴聚的欢乐，而是继续写诗人的悲情。美酒、音乐本可以缓解内心的伤痛，然而，诗人把盏在手，心情更加凄凉；音乐响起，诗人反而流下眼泪。诗人到底为何如此情绪低沉，直到最后“客子”二字出现，读者才恍然大悟:诗人身处异乡，哪怕面对美酒和清琴，也无法驱散漂泊的不确定感带给他的忧伤。应该说诗人的政治际遇在一定程度上也放大了这种漂泊的忧伤。

寄丘三公 江淹

昔我学冠剑，逢君在三川①。
何意风雨激②，一诀异东西。
菊秀空应夺，兰芳几时坚？
常恐握手毕，黯如光绝天。
安得明月珠，揽涕寄吴山③。

【注释】①学冠剑：古代官员戴冠佩剑，这里指代做官。三川：洛阳，因黄河、洛水、伊水而得名。②激：冲刷激荡。③明月珠：即夜明珠，又称灵蛇珠。古人有灵蛇衔明月珠报恩的传说，干宝《搜神记》卷二十载："隋县溠水侧，有断蛇丘。隋侯出行，见大蛇被伤，中断，疑其灵异，使人以药封之，蛇乃能走，因号其处断蛇丘。岁余，蛇衔明珠以报之。珠盈径寸，纯白，而夜有光，明如月之照，可以烛室。故谓之隋侯珠，亦曰灵蛇珠，又曰明月珠。"吴山：吴地的山。

【评析】　此诗表达对故友的思念。诗的前四句，叙述诗人与故友的交往与分别。接下来的四句写对朋友的牵挂。菊花与兰花的开放都不能持久，诗人以此暗示自己担心朋友在与其握手道别之后，处境是否安好。最后，以寄赠明月珠的愿望表白对友情的珍重。

敬酬柳仆射征怨① 丘迟

清歌自言妍，雅舞空仙仙②。
耳中解明月，头上落金钿③。
雀飞且近远，暮入绮窗前。
鱼戏虽南北，终还荷叶边。
惟见君行久，新年非故年。

【作者简介】 丘迟（464 年—508 年），字希范，吴兴乌程（今浙江湖州）人。初仕南齐，官至殿中郎、车骑录事参军。后入萧衍幕中，为其所重。梁天监三年（504 年），出为永嘉太守。天监四年（505 年），随临川王萧宏伐魏，以一篇《与陈伯之书》成功劝降魏将陈伯之，后任中书郎、司空从事中郎等。传世诗文不多，钟嵘评其诗“点缀映媚，似落花依草”。明张溥辑有《丘司空集》。

【注释】 ①酬：以诗文相互赠答。仆射：官职名。征怨：为柳仆射所作诗的题目。征怨意即征人的怨恨，以此为题的诗或写征人或写思妇。②妍：美好。仙仙：轻盈貌。③解：取下。明月：即明月珠。落：掉落。金钿：嵌有金花的首饰。

【评析】 这是一首思妇诗，诗中的思妇应该是一个身份比较高贵的女子。全诗以一个热烈的歌舞场面开头：清歌婉转，雅舞仙仙，舞者舞脱了耳中的明月珠，舞落了头上的金钿。然而，一个观舞的女子置身如此热烈的气氛，却丝毫不为所动，坐在那里心不在焉，思绪飞向了远方。接下来的四句是两个形象的隐喻，终于透露出女子的心思：鸟飞得再远，黄昏时还是飞回筑在绮窗前的鸟巢里；鱼一会游向南，一会游向北，始终还是围绕着那一片荷叶打转儿。鸟和鱼是这样，人也应该这样啊！她那远行的心上人，不论走到天涯还是海角，但愿永远不要走出她的视线，不要走出她的世界，最终回到她身边。最后两句是直接抒情：时光依旧，情景依旧，但心上人不在身边，一切却像变了模样儿，真是物是人非啊！诗以歌舞场面的热烈反衬观舞女子内心的落寞，然后引出女子的内心活动，至最后点破其心思，结构安排颇具匠心。

别席中兵[①] 朱超

数年共栖息，一旦各联翩[②]。
莫论行近远，终是隔山川。
长波漫不极，高岫郁相连[③]。
急风乱还鸟，轻寒静暮蝉。
扁舟已入浪，孤帆渐逼天。
停车对空渚[④]，怅望转依然。

【作者简介】 朱超，仕梁为中书舍人。现存诗近二十首。

【注释】 ①中兵：官职，即中兵曹参军。②栖息：此指与友人朝夕相处。联翩：鸟飞貌，此处指离别。③漫不极：漫无边际。高岫：高山。郁相连：指山势连绵。④渚：水中的小块陆地。

【评析】 这是一首送别诗。诗一开头就倾诉离别之际的哀伤：几年朝夕相处，一旦各奔东西，情何以堪！此时此刻，一切宽慰的话语都显得苍白乏力。从第五句至八句写景，由远及近，由虚转实：前两句想象远行的人即将经历的艰辛旅程，后两句实写眼前的恶劣环境。波涛、高山、急风、轻寒，这些让送行的人对朋友充满了关切与担忧。这虽是送别诗常用的套路，但景物描写颇显诗人观察的细致、敏锐及组织语言的技巧。最后四句写送行的人伫立江畔，看着朋友的孤帆渐渐消失在天际，因而流露出怅然若失的心情，意境颇似李白《送孟浩然之广陵》中的“孤帆远影碧空尽，唯见长江天际流”。

江行 江洪

日没风光静，远山深无云。
潮落晚洲出，浪罢沙成文。
挟琴上高岸，望月弹明君①。
去家未千里，断绝怨离群。

【作者简介】 江洪，字子阳，济阳考城（今河南商丘）人。南齐时曾为竟陵王萧子良招揽文士，以善辞藻游四方，与著名诗人吴均齐名。梁天监末曾任建阳令，坐事死。今存诗近二十首。钟嵘评其诗“奇句清拔”，“能自迥出”。

【注释】 ①明君：指乐曲《明君辞》，内容是昭君的故事。

【评析】 此诗表达行旅途中对故乡的思念。诗的前四句写景：夕阳西下,四周静寂,远山渐渐隐没于暮色之中。潮水退去,小洲露出江面；波浪轻拍着沙滩，留下道道沙纹。前一联是远景，写山;后一联是近景，写水。不论写山还是写水，都突出“静”。后四句逐渐转向抒情。置身美景，诗人兴致勃勃，挟琴登岸。月上东山，诗人兴之所至，弹起了《明君辞》。不知不觉中，思绪随着凄婉的乐曲，穿过清澈如水的月光，飞到了远方，那是故乡。《明君辞》应该是表现远嫁匈奴的王昭君对亲人和故乡的思念，诗人由描写山水的宁静，转向叙述望月弹琴，最终引出思念故乡之情，在不动声色的转换中暗含精心的布置。

暮秋答朱记室[①] 何逊

游扬日色浅，骚屑风音劲[②]。
寒潭见底清，风色极天净。
寸阴坐销铄，千里长辽迥[③]。
桃李尔繁华，松柏余本性[④]。
故心不存此，高文徒可咏[⑤]。

【注释】 ①此诗系酬答朱记室《送别不及赠何殷二记室》而作。朱记室，其人未详。记室：官职名，掌章表书记文檄。②游扬：幽暗貌。骚屑：风声。③销铄：消失。辽迥：遥远。④“桃李”、“松柏”二句：意即桃李有你桃李的繁华一时，松柏自有我松柏的本性坚固。尔：你。余：我。⑤故心：旧情，此指友人朱记室的关切之情。高文：优秀诗文，指朱记室的诗作《送别不及赠何殷二记室》。

【评析】 此诗应为诗人蒙冤去职后答复友人时作。诗的前四句，写凄清的秋景：日光暗淡，北风呼啸；天空明净，显得高远而深邃；潭水几近干涸，清澈见底，一览无遗。接下来的两句过渡到抒情，诗人枯坐于寒潭边，无聊地消磨时光，思绪却飞至千里之外的友人那里。接下来的四句是抒情，前两句是剖白内心的坚贞：那些进谗小人犹如桃李繁华一季，只能是得逞一时，而自己的本性犹如松柏，虽历经风寒，永不褪色。后两句则抒发对友人的思念:友人不在身边,只能吟咏友人的诗作，聊解相思之苦。此诗沿袭楚辞以来悲秋的传统，将诗人的失意情怀融入萧瑟的秋景，共同营造出一种凄清的氛围。

山家闺怨 李爽

山中多早梅，荆扉[①]达曙开。
竹巾君自折，荷衣谁为裁[②]？
行云无处所，人住在阳台[③]。

【作者简介】 李爽，仕陈为中记室。现存诗两首。

【注释】 ①荆扉：柴门。②竹巾：即竹笠。荷衣：传说中用荷叶制成的衣裳，亦指高人、隐士之服。③行云：喻行踪不定。阳台：宋玉《高唐赋》云："妾在巫山之阳，高丘之阻，旦为朝云，暮为行雨。朝朝暮暮，阳台之下。"后来用以指男女欢爱之所。

【评析】 这是一首闺怨诗，历来闺怨诗的抒情主人公以贵妇或者征人妇居多，此诗没有交待抒情主人公及其丈夫的身份，丈夫的身份倒像一个云游四方的隐士。诗以山中早梅开放起兴，古代历来就有折梅寄送以传达相思之意的传统，早梅开放，激起了山家女子对丈夫的相思。接着，因相思而起猜疑，因猜疑而生怨——竹笠你是自己编织，荷衣又是谁为你裁减？你游踪不定，现在又停留何方？我不在你身边的日子里，该不会另有女子陪伴着你吧？张正见也有《山家闺怨》诗，即："王孙春好游，云鬓不胜愁。离鸿暂罢曲，别路已经秋。山中桂花映，勿为俗人留。"表达的主旨跟此诗一样，只是此诗与张正见诗相比要委婉含蓄得多。

春日临池　温子升

光风动春树，丹霞起暮阴。
嵯峨映连璧，飘飖下散金①。
徒自临濠渚，空复抚鸣琴②。
莫知流水曲，谁辩游鱼心？

【注释】①嵯峨：山势高峻貌，此指云层。飘飖：随风晃动。②“徒自”句：此句与下文“谁辩”句皆用庄子、惠施的典故。《庄子·秋水》载：“庄子与惠子游于濠梁之上。庄子曰：‘鲦鱼出游从容，是鱼之乐也。’惠子曰：‘子非鱼，安知鱼之乐？’庄子曰：‘子非我，安知我不知鱼之乐？’惠子曰：‘我非子，固不知子矣；子固非鱼也，子之不知鱼之乐全矣！’庄子曰：‘请循其本。子曰汝安知鱼乐云者，既已知吾知之而问我。我知之濠上也。’”庄子与惠子游于濠梁并辩论鱼是否知乐，即所谓“濠梁之游”，喻别有会心、心照不宣。“空复”句：此句与下文“莫知”句，用伯牙、子期的典故。《列子·汤问》载：“伯牙善鼓瑟，钟子期善听。伯牙鼓瑟，志在高山。钟子期曰：‘善哉，峨峨兮若泰山。’志在流水，钟子期曰：‘善哉，洋洋兮若江河。’钟子期死，伯牙不复鼓琴。”

【评析】　此诗由春日池水的景物描写引出知音难觅的感慨。前四句写景：写景从大处、远景入手，前两句写由春光明媚，春风习习至晚霞涌动，天空变阴的天气变幻过程；后两句转入小处、近景，天空中的云层倒映水中，就像连璧一般晶莹；晚霞倒映水中，随着水波动荡，就像碎金一般灿烂。最后四句是抒情：诗人由眼前的池水，联想到了两个与水有关的典故，其一是庄子与惠施的“濠梁之游”，其二是伯牙与子期的“高山流水”之遇，这都是朋友之间难得的心灵相通，由此可见诗人知音难觅的遗憾心情。值得注意的，最后两联按正常的逻辑应是这样的语序：“徒自临濠渚，谁辩游鱼心？空复抚鸣琴，莫知流水曲。”诗人刻意避开了正常的逻辑，语义交错，却对仗工整，使两个熟典既给人以整齐感，又给人以新鲜感。

奉和[1]山池　庾信

乐宫多暇豫，望苑暂回舆[2]。
鸣笳陵绝浪，飞盖历通渠[3]。
桂亭花未落，桐门叶半疏。
荷风惊浴鸟，桥影聚行鱼。
日落含山气，云归带雨余[4]。

【注释】①奉和：做诗词与别人相唱和。②乐宫：西汉长乐宫，此借指南朝梁皇家宫殿。暇豫：闲暇。望苑：博望苑，汉宫苑名，此借指梁皇家苑囿。回舆：乘车周游。舆：车。③笳：胡笳，北方少数民族的一种乐器。陵：越过。绝浪：极高的浪。飞盖：疾驰的车辆。盖：车盖，代指车。通渠：四通八达的大道。渠：通“衢”。④山气：山中云雾。雨余：雨后的湿气。

【评析】　这是诗人随侍梁太子萧纲期间奉和萧纲《山池》而创作。前四句写太子出游的场面，是动态描写，后六句写苑囿的景色，是静态描写。写出游时一二句切入显得平常，但随后三四句写出了皇家的声威。写苑囿的景色时由近至远，三四联先写池边的桂亭、桐门，“未落”与“半疏”相对，抓住了夏秋交替时节的自然特点；再至较远处水中的鸟和鱼，一动一静。这些都是点明题目“山池”二字中的“池”字。最后一联写暮色中远山的云雾，则是点明诗题“山池”中的“山”字。此诗虽是宫廷唱和之作，内容却不落俗套，写景笔法细腻，对仗精严工整。

咏怀二十七首（选一首） 庾信

悲歌度燕水，弭节出阳关①。
李陵从此去，荆卿不复还。
故人形影灭，音书两俱绝。
遥看塞北云，悬想关山雪②。
游子河梁上，应将苏武别③。

【注释】 ①“悲歌”句：与下文“荆卿”句用荆轲典。荆轲入秦刺秦王，燕太子丹等于易水上为之饯行，歌曰：“风萧萧兮易水寒，壮士一去兮不复返。”燕水：指燕地的易水。“弭节”句：与下文“李陵”句用李陵典。天汉二年（前99年），李陵出征匈奴，因寡不敌众，援兵不至，兵败投降，从此不归。弭节：按节徐行，语出屈原《离骚》“吾令羲和弭节兮，望崦嵫而勿迫”。阳关：位于今甘肃敦煌西南。②悬想：猜想。关山：边关山口，指江南故国与北国往来的必经之地。③河梁：桥梁。苏武别：苏武出使匈奴，被长期扣留，李陵曾去看望苏武并劝其归降匈奴，结果被苏武的坚贞所感动。苏武回到汉朝前夕，李陵曾为其饯行。后有人伪作“苏李诗”，附会为二人离别前夕相互赠答时作。

【评析】 原诗一组共二十七首，此为其一。全诗借咏史表达出使北方被羁留后对故乡的思念和无法返回的哀痛。梁元帝承圣三年(554年)，诗人奉命出使西魏，抵达长安不久，西魏攻克江陵，随后陈朝继起。庾信羁留长安，仕西魏、北周二朝，贰臣的阴影一直笼罩在他的心头，驱之不散。他时刻怀恋故国，可故国已被陈取代，不复存在，漂泊的感觉始终萦绕在他的内心，不便明言。这就是此诗的创作背景。诗的前四句吟咏历史事件，荆轲西入咸阳，一去不返。李陵西征匈奴，也是一去不返。随后两句承上启下。“故人形影灭”是总结前述的历史：荆轲、李陵等人，都已身形俱灭，消失在茫茫的历史之中，却留给后人不尽的是是非非的评说。后人又将如何评说自己呢？这正是诗人内心的焦虑所在。“音书两俱绝”引出诗人现实中的困境：与亲友音讯阻隔。最后四句则抒发现实情感。眼前塞北的云让他联想到关山上的雪，返乡的重重关山已被隔断，他注定只能做一个游子。想到羁留匈奴无法返汉的李陵，李陵与苏武诀别时的沉痛心情大概正如我现在的复杂心情吧！咏史虽涉及荆轲、李陵二人，但重点在李陵，诗人的特殊遭际使他对李陵的命运有了更深刻的认识，借这一典故准确地传达出了自己复杂的心绪。

别陆子云　王褒

解缆出南浦，征棹且凌晨①。
还看分手处，惟余送别人。
中流摇盖影，边江落骑尘②。
平湖开曙日，细柳发新春。
沧波不可望，行云聊共因③。

【注释】①缆：系船用的绳索。南面的水边，常用以指分别之地。征棹：远行的船。棹：船桨。且：尚。②盖：指船篷。骑：指送行的人。③沧波：碧波。行云：流动的云。因：沿袭，顺着，此处意为陪伴。

【评析】这是一首抒发离情别绪的诗。前四句写分别：时间是凌晨，地点是南浦。接下来的四句是写景：远行的人已上船，船已行至中流，送行的人依然不肯离去，骑马沿岸送行，别情依依。太阳从湖面渐渐升起，远行的人向岸边眺望，初春细柳的新绿映入眼帘，于是，离别的情绪再也压抑不住。最后两句抒情，一望无际的波涛本就令人心情沉重，一路上却只有流云相伴，这是怎么一个孤单的行旅！此诗以平实的语言叙事、写景、抒情，不用典，不雕饰，看似平淡，实则淳厚。“平湖开曙日，细柳发新春”一联写出了早春清晨的独特景色，语言清丽，意境清新，唐杜审言《和晋陵陆丞早春游望》“云霞出海曙，梅柳渡江春”即出于此。

早渡淮　隋炀帝杨广

平淮既淼淼，晓雾复霏霏①。
淮甸未分色，泱漭共晨晖②。
晴霞转孤屿，锦帆出长圻③。
潮鱼时跃浪，沙禽鸣欲飞。
会待高秋晚，愁因逝水归。

【注释】 ①淮：淮河。淼（miǎo）淼：水势浩大貌。霏霏：浓密。②甸：草地。泱漭（yāng mǎng）：昏暗不明貌。晨晖：清晨的阳光。③屿：小岛。锦帆：锦制的船帆，亦指有锦制船帆的船。唐颜师古《大业拾遗记》：“炀帝幸江都……至汴，御龙舟，萧妃乘凤舸，锦帆彩缆，穷极侈靡。”圻（qí）：曲岸。

【评析】 此为炀帝离开行宫渡淮之作，描写了清晨淮河的美景。诗的前四句写静景：天地未分，水天一色，都笼罩在晓雾和晨晖之中——清晨的淮甸广袤、宁静。接下来的四句描写动景：五六句点题，正面写人的渡淮，锦帆离岸向对面行进，东边是一个孤屿，孤屿的背后是刚刚露出的朝霞，随着诗人视角的变化，孤屿与朝霞的位置随之转换。七八句又回到自然景物上来，鱼儿随着潮水跃动，沙禽鸣叫着准备起飞，都刚刚开始新的一天。作品写景抓住诗题中的“早”字，写淮甸的宁静是突出“早”字，写水中的鱼儿，沙岸上的鸣禽，也是突出“早”字。最后两句是抒情，赞叹淮河的美景。秋天往往容易让人产生愁绪，但是淮河一带的秋天不但不会使人生愁，反而会带走愁绪。

赠李若① 卢思道

初发清漳②浦，春草正萋萋。
今留素浐曲，夏木已成蹊③。
尘起星桥外，日落宝坛西④。
庭空野烟合，巢深夕羽迷⑤。
短歌虽制素，长吟当执圭⑥。
寄语当窗妇，非关惜马蹄⑦。

【注释】①李若：顿丘人也，仕北齐、北周、隋三朝，在当时邺下颇有文名，性滑稽，善讽诵，多次奉旨咏诗。②清漳：水名，漳河上游，位于今山西境内。③素浐：即浐河，渭河支流，位于长安城东，由南向北流入渭水。蹊：小路。④星桥：指浐河上的桥，因桥上有灯点缀像星星一样而得名。宝坛：地名。⑤夕羽：此指归鸟。⑥短歌：短小的诗。素：白色的绢，价格较贱。长吟：指长篇的诗。圭：或作“珪”，玉器。⑦当窗妇：思妇。非关：无关，不是因为。惜马蹄：意即爱惜马，不忍让其奔跑受累。

【评析】 诗的前四句写时空的转换，空间的转换是从清漳浦到素浐曲，时间的转换是从春天至夏天。这种时空的转换暗示了诗人对时光流逝的感知，对漂泊感的体悟。然后写当下的景色，即诗人身居长安城中的庭院里看到的远景和庭中的近景。夕阳西下，人们趁关闭城门之前匆忙入城，匆匆的马蹄激起了一阵尘土。暮色四合，幽深庭院渐渐被暮霭笼罩，使归巢的鸟儿差点迷失了方向。不论是写人的归来还是写鸟的归来，都暗示出诗人的思归心理。最后四句直接抒发对思妇的牵挂和思念，诗人提及羁留有因却又没有道明，反而让读者感到了诗人无可名状的无奈情绪。

山斋独坐赠薛内史二首[①]（选一首） 杨素

居山四望阻，风云竟朝夕。
深溪横古树，空岩卧幽石。
日出远岫明，鸟散空林寂。
兰庭动幽气，竹室生虚白[②]。
落花入户飞，细草当阶积。
桂酒徒盈樽，故人不在席。
日落山之幽，临风望羽客[③]。

【作者简介】 杨素（544年—606年），字处道，弘农华阴（今属陕西）人。出身北朝士族，任北周车骑大将军，曾参加平定北齐之役。入隋后任御史大夫，后以行军元帅率水军东下攻陈。灭陈后，晋爵为越国公，任内史令。杨广即位，拜司徒，改封楚国公。杨坚评价其："论文则词藻纵横，语武则权奇间出。"现存诗近二十首，《隋书》评其诗"词气宏拔，风韵秀上"。

【注释】 ①薛内史：即著名诗人薛道衡，隋初曾任内史舍人。②幽气：

指兰的淡香。虚白：洁白，明亮。③羽客：神仙或方士。

【评析】 原诗二首，此为其一。此诗主要写山斋幽静的景色并抒发对朋友的思念。诗的第一二句总起，从时间和空间两个层面展开，空间层面即：山斋处于群山环抱之中；时间层面即：山斋从早至晚风云变幻不断。以下八句逐一由远及近，写山斋周围和斋前庭院的景色。远景是：深溪、古树、空岩、幽石、远岫、空林等，特别是使用“幽”、“空”等字来修饰，表明人类没有介入这里的自然；近景写庭兰、室竹、落户、细草，特别是落花飞入室内，细草积于阶前，呈现自然事物对人类生活空间的介入。不论是人类尚未介入自然环境，还是自然事物对人类空间的介入，都是为了表现此地的僻静。最后四句抒情，以樽之盈与席之空相对，凸显故人不在场的寂寞，又以临风而望直接表达思念。

卷六　五言近体

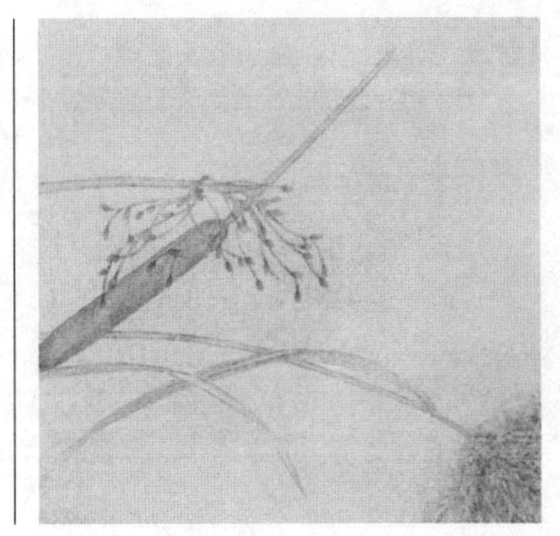

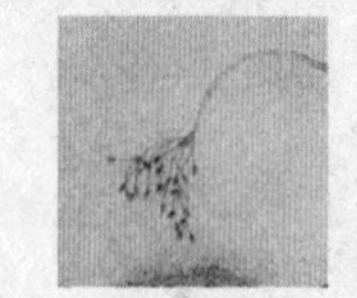

临高台① 王融

游人欲骋望，积步上高台②。
井莲当夏吐，窗桂逐秋开。
花飞低不入，鸟散远时来。
还看云栋③影，含月共徘徊。

【注释】 ①临高台：乐府旧题，宋郭茂倩《乐府诗集》收入《鼓吹铙歌》，并引《乐府解题》曰："古词言：'临高台，下见清水中有黄鹄飞翻，关弓射之，令我主万年。'若齐谢朓'千里常思归'，但言临望伤情而已。宋何承天《临高台篇》曰：'临高台，望天衢，飘然轻举凌太虚。'则言超帝乡而会瑶台也。"看来历来以此题创作的乐府内容不一。②骋望：远望。积步：一步步。③云栋：高耸入云的梁栋，此处指高大的建筑物。

【评析】 此诗写登高远眺时所见景物。写景从近景、中景、远景依次展开，第一联写登台；第二联写近景，即台前开放的莲、桂等；第三联写中景，即飞花、飞鸟；第四联写远景，笼罩在月光中的高大建筑物。登台的是游人，即远游之人，诗中未明言其内心世界，想必其登台远眺的方向是家乡、亲人所在的地方吧！然而，他的视线没能穿越高楼和月光，他的心里应该很忧伤吧。

和王中丞闻琴[1] 谢朓

凉风吹月露，圆景动清阴[2]。
蕙风[3]入怀抱，闻君此夜琴。
萧瑟[4]满林听，轻鸣响涧音。
无为澹容与，蹉跎江海心[5]。

【注释】 ①王中丞：王思远，曾为御史中丞。另沈约有《应王中丞思远咏月》，此处的王中丞即王思远。②月露：月光下的露滴。圆景：即月亮。清阴：清凉的树阴。③蕙风：和暖的风。④萧瑟：秋风吹拂草木的声音。⑤澹：恬静。容与：悠闲自得貌。蹉跎：虚度光阴。江海心：退隐之心。《庄子·刻意》："就薮泽，处闲旷，钓鱼闲处，无为而已矣。此江海之士，避世之人。"又《后汉书·逸民传序》："然观其甘心畎亩之中，憔悴江海之上，岂必亲鱼鸟乐林草哉。"

【评析】 此诗写音乐。诗先从听乐的环境写起，清凉月夜，微风习习，营造出高雅清幽的氛围。诗的第五六句正面写音乐，先后以树林中的飒飒风声和涧水的叮咚声来拟写琴声。最后两句通过写听乐人的恋恋不舍间接表现琴声的美妙，也表达了诗人归隐江湖的愿望。此诗虽写琴声没有什么高妙的地方，不像后来很多诗作动用通感等手法来表现音乐的变幻莫测，但是，写音乐却从听乐或者奏乐的环境写起，后来很多写音乐的诗作继承了这一点。另外，在最后写奏乐者或听乐人的情怀也为后来很多写音乐的诗作所继承。

春日　梁简文帝萧纲

年还[①]乐应满，春归思复生。
桃含可怜紫，柳发断肠青[②]。
落花随燕入，游丝[③]带蝶惊。
邯郸歌管地，见许欲留情[④]。

【注释】　①年还：指新的一年又到来。②可怜：可爱。断肠：指极度的悲伤。③游丝：空中飘浮的蛛丝。④邯郸：即今河北邯郸，战国时为赵国的都城，极其繁华。歌管：指唱歌与音乐。见许：赞赏。留情：倾心，倾注情意。

【评析】　此诗表现春日的复杂心绪。一元复始，应该欢乐才是，然而，随着春天的来临，诗人心中却萌发各种思绪：桃花的灿烂让人赏心悦目，柳丝的青翠却让人情绪惆怅。诗人的这些思绪源于文化传统，因为桃花让人想到女子的美丽，柳丝让人想到离别的感伤。这里诗人以感情色彩极其浓烈的“可怜”、“断肠”两个词来形容桃花的“紫”和柳丝的“青”，极富创见。第五六句依然是写春天的典型景象，“入”、“惊”等动词的使用极富表现力，但整体效果较上两句稍显平淡。第七八句写春天人们的游乐，流露出依恋之情。

入若耶溪① 王籍

艅艎何泛泛，空水共悠悠②。
阴霞生远岫，阳景逐回流③。
蝉噪林逾静，鸟鸣山更幽④。
此地动归念，长年悲倦游⑤。

【作者简介】 王籍，字文海，琅邪临沂（今山东临沂）人。南齐末为冠军行参军，累迁外兵记室。梁天监初，除安成王主簿，历余姚、钱塘令，后任湘东王萧绎咨议参军，迁中散大夫等。一生不得志，后郁郁而终。诗学谢灵运，现存诗二首。

【注释】 ①若耶溪：在绍兴市东南，发源于若耶山（今称化山），沿岸风景优美，历来是旅游胜地。②艅艎（yú huáng）：吴王所造大舰名，后泛指大船、大型战舰。泛泛：泛行貌。空：指天空。水：指若耶溪。悠悠：辽阔无边。③阴霞：山北面的云霞。远岫（xiù）：远处的峰峦。阳景：指太阳投在溪水中的影子。景："影"的本字。回流：行船激起的水流冲向岸后倒回来的水流。④逾：同"愈"，更加。⑤归念：归隐的想法。倦游：指厌倦仕宦生活。

【评析】 此诗为王藉薄宦江南期间所作。诗人于行旅途中见若耶溪两岸美景，触发了羁旅思归之情。诗中"蝉噪林逾静，鸟鸣山更幽"一联以动写静，自古以来就是名句，其技法也为后世山水田园诗所常用。据《颜氏家训·文章篇》载："王籍《入若耶溪》诗云：'蝉噪林逾静，鸟鸣山更幽。'江南以为文外断绝，物无异议。简文吟咏不能忘之，孝元讽味以为不复可得，至《怀旧志》载于籍传。"中国古代诗歌中写旅途所见，不论景色令人赏心悦目还是让人压抑，往往最终落脚都是羁旅之愁，此诗也不例外。

饯张孝总应令[①] 庾肩吾

江上早寒生，萧条铙管清[②]。
别筵开帐殿，离舟卷幔城[③]。
前山黄叶起，对岸白沙惊。
临涡同极望，窃吹愧才轻[④]。

【作者简介】 庾肩吾（487 年—551 年），字子慎，新野（今河南新野）人。梁萧纲初封晋安王时，庾肩吾为晋安王国常侍。及萧纲为太子，庾肩吾又任东宫通事舍人。后除安西湘东王录事参军，领荆州大中正，迁中录事参军、太子率更令、中庶子。萧纲喜好文学，招纳文士，庾肩吾和徐摛、刘孝威等同被赏接，又受命抄撰书籍，当时号为“高斋学士”。萧纲即位，进度支尚书。侯景攻进建康，矫诏遣庾肩吾使江州招降萧大心。庾肩吾寻机逃往江陵投奔梁元帝萧绎，封武康县侯。庾肩吾及其子庾信一起随侍萧纲，是当时“宫体诗”的推动者，明张溥辑有《庾度支集》。

【注释】 ①饯：设酒食送行。张孝总：曾任太子洗马。应令：魏晋以来应皇太子之命和作诗文称“应令”。②萧条：稀疏。铙管：横笛。③幔城：即上句的“帐殿”，张帷幔围绕如城，故称“幔城”。④涡：水流旋转形成中间低洼的地方。极望：远眺。窃吹：意即滥竽充数，喻无其能而预其事。萧统《文选》录孔稚珪《北山移文》曰：“窃吹草堂，滥巾北岳。”吕向注：“窃，盗也……南郭处士盗居吹竽之位。”

【评析】 这是一首应制送别诗。送别宴饮是由太子召集的，送别的时间是秋天，地点是水边的帐殿。诗的前四句主要写于帐殿饯行的宴饮场面，点明题中的“饯”字。写宴饮没有进行直接描写，而只是以稀疏的乐声暗示宴会进入尾声，离别在即。后四句写江边的送别情景。第五六句转向自然景色的描写。送行者顺着船帆远去的方向眺望，眼前的黄叶随着秋风飞舞，对岸白沙随着波浪翻滚。最后两句表达自己参与这场由太子举行的饯行宴饮的惶恐和欣喜。

慈姥矶[①] 何逊

暮烟起遥岸，斜日照安流[②]。
一同心赏夕，暂解去乡忧。
野岸平沙[③]合，连山远雾浮。
客悲不自已[④]，江上望归舟。

【注释】①慈姥矶：在慈姥山麓。慈姥山，位于今江苏省江宁县西南、安徽省当涂县北。顾祖禹《读史方舆纪要》“江宁府”条云：“慈姥山，府西南百十里，以山有慈姥庙而名。积石临江，崖壁竣绝。”②安流：平静的流水。③平沙：广阔的沙原。④已：停止。

【评析】 此诗写游览慈姥矶并抒发思乡之情。作品写景与抒情交替，第一二句写景，第三四句抒情，第五六句再写景，第七八句再抒情。写景是远景与近景交替，第一句写远景，第二句写近景，第五句写近景，第六句写远景。抒情一伏一起，第三四句说去乡之忧因眼前的美景暂时得到宽解，第七八句却又在眺望远去归舟时再度被撩起而无法掩抑。时值傍晚，夕阳的余辉洒在平静的江水上，波光粼粼，沿江远远望去，只见两岸炊烟袅袅，充满诗情画意。诗人和友人一同欣赏着这令人陶醉的山水画卷，似乎暂时忘却了离乡的悲愁。送君千里，终有一别。望着友人远去的船只，但见滔滔江水，漫漫沙滩，和那峻峭的崖壁连接成一片，两岸的层峦叠嶂笼罩在沉沉暮霭之中。面对这无穷的大自然，客居异乡的游子陷入了深深的悲哀之中。所以沈德潜说："已不能归，而望他舟之归，情事黯然。"这是最令远游之人黯然销魂的了。

赠鲍春陵别[①] 吴均

落叶思纷纷，蝉声犹可闻。
水中千丈月，山上万重云。
海鸿来倏去，林花合复分。
所忧别离意，白露下沾裙。

【注释】 ①鲍春陵：这是以籍贯或为官地称呼其人。春陵：今湖北枣阳吴店镇，或为今湖南宁远。

【评析】 这是一首赠别诗，抒发了依依不舍的别情。作品紧紧抓住"别"字。第一二句写离别的时节，这是一个落叶纷纷，蝉声稀疏的秋日。第三四句是诗人想象友人行旅途中，晚上只有倒映水中的明月相伴，白天只有山上的层云相伴，以见其别后之孤单。第五六句是写诗人目送朋友离去，目之所及，唯有海鸿飞来飞去，并想到从此以后，林花开谢，年复一年，都再也见不到朋友的身影。行文至此，哀伤至极。第七八句描写了这样一个画面：诗人长久伫立，目送朋友离去，不觉秋露沾湿了衣裙。

祀伍相庙[①] 梁元帝萧绎

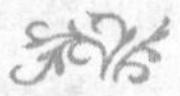

石城宁足拒，金阵讵能追[②]？
楚关开六塞，吴兵入九围[③]。
山水犹萦带，城池失是非[④]。
空余寿宫在，日暮舞灵衣[⑤]。

【注释】 ①伍相庙：位于在今浙江省杭州西湖东南的吴山，为祭祀春秋时吴国大夫伍子胥而建。伍子胥，名员，字子胥，本为楚国贵族，其父伍奢因直谏被楚平王所杀，伍子胥逃至吴国，帮阖闾刺杀吴王僚，夺取王位，并协助吴王使吴国日渐强盛，后率军攻破楚国，为其父报仇。夫差继位后，伍子胥任大夫，劝夫差先灭越，而夫差偏要攻齐。后夫差听信太宰伯嚭谗言，令伍子胥自杀，伍子胥死前说："抉吾眼悬吴东门之上，以观越寇之入灭吴也！"夫差大怒，将伍子胥的遗体投入钱塘江。伍子胥死后不久，吴国果为越国所灭。②"石城"、"金阵"二句：指当初楚国曾设下重重严密的防御，还是没有能够阻挡伍子胥逃往吴国。石城：垒石成城，指坚固的防御。宁：难道。金阵：坚固的军阵。讵：怎么。③"楚关"、"吴兵"二句：指伍子胥与孙武率吴国军队多次打败楚国，攻入楚国郢都。六塞：重重关隘。九围：重重包围。④萦带：弯曲的带子。失是非：意即不懂是非。⑤寿宫：墓祠，即题中的伍相庙。灵衣：神灵所穿的衣裳。

【评析】 此诗是一首咏史怀古诗，吟咏的是春秋吴国大夫伍子胥。诗的前四句写历史，后四句写现实。历史是伍子胥的英勇：第一二句写伍子胥逃往吴国，第三四句写伍子胥攻打楚国。现实是伍相庙的冷寂，山水依然，城池依旧，它们辨不清在此上演的是是非非。如今到哪里寻觅伍相子胥的踪影，只有祠庙里那一座塑像静静地站立着，披在其身上的灵衣随风飘舞。此言灵衣随风而舞，弦外之意是塑像没有生机，更不谈其人了。诗的后四句将历史与现实对比，以凸显盛与衰的变迁，并抒发悲哀的情绪和对历史人物或事件的反思，给人留下无限的想象空间和无尽的回味。这是后来唐代刘禹锡等诗人在咏史怀古时常用的技法，此诗算开创先河。

和侯司空登楼望月[①] 阴铿

怀土临霞观，思归想石门[②]。
瞻云望鸟道[③]，对柳忆家园。
寒田获里静，野日烧中昏[④]。
信美今何益[⑤]！伤心自有源。

【作者简介】 阴铿（511 年?—563 年?），字子坚，武威姑臧（今甘肃武威）人，其高祖迁居南平（今湖北荆州）。仕梁任湘东王萧绎法曹参军，入陈为始兴王陈伯茂录事参军，后累迁晋陵太守、员外散骑常侍等。博涉史传，善五言诗，以文才为陈文帝所赏识。因艺术风格与何逊相似，并称“阴何”。今存《阴常侍集》一卷。陈祚明《采菽堂古诗选》评价说：“阴子坚诗声调既亮，无齐、梁晦涩之习，而琢句抽思，务极新隽，寻常景物，亦必摇曳出之，务使穷态极妍，不肯直率。”

【注释】 ①侯司空：侯安都，南朝陈时曾为兰陵太守，后迁司空。②怀土：即怀念故土。霞观：指高耸的楼台。石门：一说指石门县，邻接阴铿祖籍荆门；一说指皋兰山门，位于今甘肃临夏西南，靠近阴铿的原籍武威姑藏。③鸟道：喻险峻狭窄的山路。④获：指收获庄稼。烧：指烧田。

⑤“信美”句：语出王粲《登楼赋》“虽信美非吾土兮，曾何足以少留”。信：的确。

【评析】 此诗是和侯安都《登楼望月》诗，抒发了思乡之情。古人说“升高能赋……可以为大夫”，的确，古人登临高处，往往情绪慷慨激昂，难抑思乡、失意等情怀。此诗一开头就冲口而出，道出思乡情怀。怀揣这样的心绪登上高楼，诗人的目光自然会搜索故乡的方向。然而，艰辛的鸟道阻挡了回家的脚步，眼前的柳枝越发激起思乡的情怀。这是诗的前半部分，直接表现思乡之情，诗的后半部分间接表现思乡之情。第五六句是写眼前的景色：田野在秋收过后看不到繁忙的身影，秋日在烧田的烟雾中显得有些昏暗，一切显得如此宁静。最后两句化用王粲《登楼赋》的典故，再次抒发思乡之情。眼前的景物不可谓不美，但毕竟不是自己的故乡，所以伤心依旧，伤心就源于自己与故乡的阻隔。王粲于东汉末年战乱之际离开一片混乱的长安投奔荆州，没有得到重用，一次登上高楼眺望远方，发出“虽信美非吾土兮，曾何足以少留”的哀叹。诗人此刻与王粲的内心应该十分契合吧。

折杨柳[①] 徐陵

袅袅河堤柳，依依魏主营[②]。
江陵有旧曲，洛下作新声[③]。
妾对长杨苑，君登高柳城[④]。
春还应共见，荡子[⑤]太无情。

【注释】 ①折杨柳：宋郭茂倩《乐府诗集》收入《横吹曲辞》。古辞亡佚，晋太康末，京洛有《折杨柳》歌，多言征人劳顿之苦。②袅袅：随风摆动貌。依依：依稀隐约。魏主营：代指高柳城。晋太元十一年，魏叛将刘显等奉故什翼犍少子窟咄逼魏主拓跋珪，屯高柳，珪求救于慕容垂，垂子麟与珪会兵击窟咄，大破之。晋义熙九年，拓跋嗣如高柳川，十三年，复如高柳。营：军营。③江陵：即今湖北荆州。洛下：即洛阳城。④长杨苑：即长杨宫，汉代宫殿，这里代指京城。高柳城：汉高柳县，属代郡，西部都尉治此。《水经注》："高柳故城，在代中，其傍重峦叠峡，霞举云标，连山隐隐，东出辽塞。"⑤荡子：指辞家远行、羁旅忘返的男子。

【评析】 这是一首思妇之辞。思妇由眼前的河堤上的柳树想到了魏主军营所在地高柳，再联想到时下流行南北的乐曲《折杨柳》，诗至此点题。河堤柳、魏主营、《折杨柳》，都与柳有关，因而接连闯入思妇的内心世界，看起来有些纷乱，但自有其思维和情感的逻辑在。第五六句就点破了思妇的内心，使读者明白了其思绪的逻辑。原来，她是由河堤柳触动对丈夫的思念，丈夫其实就在魏主营所在地高柳城里。置身京城无边的春色，她再也抑制不住对丈夫的思念。本想吟唱一曲《折杨柳》略解相思之痛，可是，她失败了，眺望丈夫所在的边地，她发出了荡子无情、应归不归的抱怨。

南征 苏子卿

一朝游桂水①，万里别长安。
故乡梦中近，边愁酒上宽②。
剑锋但须利，戎衣不畏单。
南中③地气暖，少妇早愁寒。

【作者简介】 苏子卿，南朝陈时人，生平不详，今存诗五首。

【注释】①桂水:位于今湖南省东南。②宽:宽解。③南中:岭南地区,或泛指南方。

【评析】 此诗是一首寄内诗，是诗人南游途中写给妻子的，既有对故乡的思念，也有对闺妇的宽慰，也不乏立功的豪情。第一二句是交待行程并点题。“一朝”写时间，强调行色之匆匆；“万里”写空间，强调距离之遥远。此二句倒装是出于押韵的需要。接着承接第一二句顺势抒发思乡、思亲之情。第五六句发生转折，转而剖白诗人南征的决心：只想有所作为，何惧环境艰苦！细细品味可以发现，诗人是以“剑锋但须利”之豪气来回应思妇畏惧征人衣单之忧虑。可见诗人作为一个男儿对于妻子内心世界的敏锐体察和深情关切，情感细腻。第七八句语气接上句思妇之忧虑来安慰对方：南方气候温暖，你大可不必如此早为我的寒衣发愁。此诗是寄给妻子的，在情意缠绵的同时，也不乏英豪之气。

过旧宫[①] 北周明帝宇文毓

玉烛调秋气，金舆历旧宫[②]。
还如过白水，更似入新丰[③]。
秋潭渍[④]晚菊，寒井落疏桐。
举杯延故老，今闻歌大风[⑤]。

【作者简介】 宇文毓(534年—560年)，小名统万突，代郡武川(今内蒙古武川)人，北周文帝宇文泰长子。西魏大统十四年，封宁都郡公，累授大将军，镇守陇右，进柱国、岐州刺史等。明帝废，其被迎立为帝。即位后即召集有文学修养者校刊经史。后被宇文护毒死，谥号明皇帝，庙号世宗。令狐德棻《周书》评论宇文毓:“宽明仁厚,敦睦九族,有君人之量。幼而好学,博览群书，善属文，词彩温丽。”

【注释】 ①历：游历。旧宫：指位于同州的故宅。《北周书》载：“二年九月丁未，行幸同州故宅，赋诗。”②玉烛：指和畅的四时之气，形容太平盛世。《尸子》卷上：“四气和，正光照，此之谓玉烛。”《尔雅·释天》：“四气和谓之玉烛。”调：调和。金舆：帝王乘坐的车轿。③白水：水名，源出湖北枣阳东之大阜山，相传汉光武帝刘秀旧宅在此，他亦于此起兵复汉。新丰：汉高祖七年置，治所在今陕西临潼县西北，本为骊邑。汉高祖定都关中，其父太上皇居长安宫中，思乡心切，郁郁不乐。高祖便依故乡丰邑的格局改建骊邑，并迁来丰邑的居民，改称新丰。④渍：浸湿。⑤故老：年高而见识多的人。大风：即《大风歌》，刘邦返回故乡沛县时所唱，见本书卷一《大风歌》。

【评析】 此诗是宇文毓当上皇帝以后返回故居时所作，诗中连用刘邦、刘秀等帝王返回故里的典故，表达其作为一个帝王衣锦返乡的荣耀，也在最后使用刘邦《大风歌》的典故表达其安邦治国的雄心。诗的一开头就交待游历旧宫的时间为秋天，诗的第五六句具体描写秋天的景色。因为作者是皇帝的身份，又自认为是太平盛世，其笔下的秋景便没有普通文人笔下的那般萧瑟凄凉，倒是意境清丽。

奉和永丰殿下[①]言志十首（选一首） 庾信

崩堤压故柳，衰社卧寒樗[②]。
野鹤能自猎，江鸥解独渔。
汉阴逢荷篠，缁林见杖拏[③]。
阮籍长思酒，嵇康懒著书[④]。

【注释】 ①永丰殿下：南朝梁永丰侯萧㧑（huī），字智遐，梁武帝萧衍之弟安成王萧秀之子，被西魏掳走，任西魏侍中、骠骑大将军等，封归善县公。北周时晋爵黄台郡公，后改封蔡阳郡公。②社：祭祀土地神的地方。樗（chū）：即臭椿。③“汉阴”句：《论语·微子》：“子路从而后，遇丈人，以杖荷蓧。子路问曰：‘子见夫子乎？’丈人曰：‘四体不勤，五谷不分。孰为夫子？’植其杖而芸。”汉阴：汉水之北。荷蓧（diào）：即荷蓧丈人，为隐士。荷：肩扛。蓧：除草工具。“缁林”句：《庄子·渔父》：“孔子游于缁帷之林，休坐乎杏坛之上。弟子读书，孔子弦歌鼓琴。奏曲未半，有渔父者，下船而来，须眉交白，被发揄袂，行原以上，距陆而止，左手据膝，右手持颐以听。曲终而招子贡子路，二人俱对……子贡还，报孔子。孔子推琴而起曰：‘其圣人与！’乃下求之，至于泽畔，方将杖拏而引其船，顾见孔子，还乡而立。孔子反走，再拜而进。”缁林：幽暗的树林。杖拏（rú）：持桨，此处作名词，持桨的渔父，指隐士。拏：船桨。④“阮籍”句：《晋书·阮籍传》载：“籍本有济世志，属魏晋之际，天下多故，名士少有全者，籍由是不与世事，遂酣饮为常。”“嵇康”句：嵇康《与山巨源绝交书》云：“今但愿守陋巷，教养子孙；时与亲旧叙阔，陈说平生。浊酒一杯，弹琴一曲，志愿毕矣。”

【评析】 原诗十首，此选其一。此诗既然是奉和之作，诗中的景自然是对方所在之处的景色。诗的前四句写景，景物的选择颇不同凡响。崩堤、衰社、老柳、寒樗等，既不是诗歌中常常出现的美好景物，也不是诗人们常用来传达情感或者文化内涵的意象，虽然丑陋，却也真实。特别可贵的是，这些景物在诗人的笔下传达出了一股破败、苍凉的气氛。中唐大历时代的诗人喜欢选取幽冷、琐屑甚至丑陋的景物入诗，宋代江西诗派也有如此趋向，看来，庾信此诗已开先河。接下来的两句诗中的景色是野鹤、江鸥捕鱼的情形，尽管语意重叠，倒也颇有野趣。这四句写景的诗句表现出了萧㧑居处远离尘世的僻静甚至荒凉。以下四句连用四个典故，将萧㧑比作《论语》、《庄子》里所载的隐士，将其比作阮籍、嵇康这样的名士，既是对萧㧑高逸情怀的赞美，也流露出归隐江湖，远离纷乱的愿望。

渡河北[①] 王褒

秋风吹木叶，还似洞庭波[②]。
常山临代郡，亭障绕黄河[③]。
心悲异方乐，肠断陇头歌[④]。
薄暮临征马，失道北山阿[⑤]。

【注释】①河北：黄河以北。②“秋风”、“还似”二句：此是化用《楚辞·九歌·湘夫人》“嫋嫋兮秋风，洞庭波兮木叶下”。意即秋风吹起，木叶飘落，如此情景，犹如南方故国。③常山：关名，位于今河北唐县西北。代郡：位于今河北蔚县东北。亭障：亦作“亭鄣”。古代边塞要地设置的堡垒。④异方乐：即异域的音乐。陇头歌：乐府横吹曲名，内容多写征人的艰辛。⑤临：面对。征马：远行的马，或战马。失道：迷路。山阿：山的拐弯处。

【评析】 此诗写诗人北渡黄河时所见的景色及身处异乡的悲凉情怀。秋风吹起，木叶飘落，诗人仿佛看到故乡的景色，然而，他此刻身在何方？常山关隘，绵绵亭障，分明在告诉他，这是遥远的异乡；还有时时飘来的异域音乐，不仅提醒他身在异乡，还要提醒他路途的艰辛。黄昏时分，是归家的时间，诗人此时，却不知该往哪儿去。这不仅是思念故乡的痛苦，还是漂泊无依的痛苦。诗人由南朝梁被俘入西魏，从此羁留北方，北方的山山水水、一草一木时刻提醒着他漂泊的处境，诗人自然无时无刻不在寻找心灵的故乡，但在南北对峙的情况下，他看来是永远无法返回故乡了。

上巳禊饮[①] 卢思道

山泉好风日，城市厌嚣尘[②]。
聊持一樽酒，共寻千里春。
余光下幽桂，夕吹舞青蘋[③]。
何言出关后，重有入林人[④]。

【注释】 ①上巳禊（xì）饮：汉以前以农历三月上旬巳日为上巳节，魏晋以后定为三月三日，不必取巳日。此日至水边洗濯以祓除不祥，称为禊。此日的宴集称为禊饮。②山泉：指山水。嚣尘：纷扰的尘世。③余光：指夕阳。夕吹：指晚风。④出关：指佛教徒结束静修。入林：归隐林下。

【评析】 此诗是写诗人于上巳日走出都市，来到自然，于山水之中获得欣喜之感。全诗虽然结构没有起伏，语言也较口语化，却表现了诗人厌倦尘世之际，走进自然去寻觅春天并如愿以偿的心理变化过程。作品由厌倦的心情开始，由欣喜的心情结束，这个变化过程的关键是诗人目睹了清幽、宁静的山水景色，即诗中的第五六句。作品截取生活的一个片断，虽不见匠心独运之妙处，倒也映照出诗人情怀。

七夕二首[①]（选一首） 王眘

天河横欲晓，凤驾俨应飞[②]。
落月移妆镜，浮云动别衣。

欢逐今宵尽，愁随还路归。
犹将宿昔泪，更上去年机[3]。

【作者简介】 王眘，字元恭，琅邪临沂（今山东临沂）人。仕南朝陈，历太子洗马、中舍人。陈亡，入隋，与弟王胄俱为学士。隋炀帝即位，授其秘书郎。今存诗二首。

【注释】 ①七夕：即农历七月初七之夕，相传牛郎和织女每年于此夜在银河相会。②天河：银河。凤驾：本指帝王、后妃所乘的车，此指织女所乘的车。③将：带着。宿昔：往常。机：织机。

【评析】 原诗二首，此为其一。全诗感叹织女与牛郎短暂欢会后漫长分别的痛苦。作品从织女与牛郎的离别切入，以四句的篇幅描写将别未别的那一刻，像慢镜头一样，将其定格：天河欲晓，车驾已备，月儿西沉，浮云隐现，一切都在提示，离别的时刻已经来临。第五六句则转向归途，写返回途中别愁相伴，此前相会的欢乐已随着今宵的结束而烟消云散。此处已经暗示欢会之短暂，别愁之漫长。最后两句则继续表现此旨：脸上还挂着往常的泪水，言外之意，脸上天天挂着泪水；今天又坐上了去年的织机，言外之意，年复一年，都是坐在织机旁思念。

别宋常侍[1] 尹式

游人杜陵北，送客汉川东[2]。
无论去与住，俱是一飘蓬。
秋鬓含霜白，衰颜倚酒红。
别有相思处，啼鸟杂夜风。

【作者简介】 尹式（?—604年），河间（今属河北）人。隋仁寿中，任汉王杨谅记室。仁寿四年，文帝死，杨谅起兵反对杨广失败，尹式自杀。今存诗二首。

【注释】 ①常侍：官职名。②游人：远游的人。杜陵：位于今陕西西安东南，古为杜伯国，秦置杜县，因汉宣帝筑陵于此改名杜陵。汉川：即汉水。

【评析】 这是一首送别诗，其特别之处在于，远游的人是游子，送行的人也是游子。第一二句为流水对，"游人"、"送客"等语本已表明主客二人的漂泊处境，杜陵、汉川等地名的嵌入，强化主客二人即将面临的空间距离感。第三四句以飘转不定的飞蓬喻人的漂泊不定、孤独无依，远游的人如此，送行的人亦是如此。第五六句感慨衰老，漂泊已令人感伤，衰老之际依然在漂泊当然更令人感伤。第七八句写别后的相思，以夜风中难以入眠之鸟的哀啼喻别后彼此的相思，氛围尤其凄清。